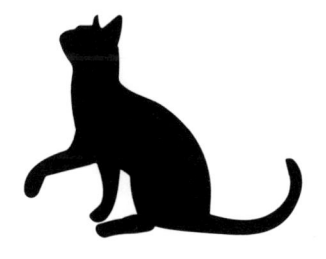

Yebisu garden place

惠比寿花园广场

黑孩 —— 著

上海文艺出版社
Shanghai Literature & Art Publishing House

我的心情是一座花园

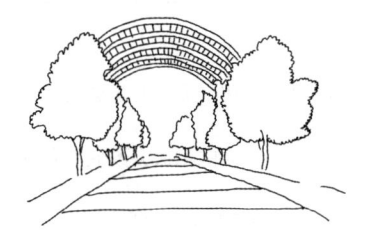

....

目 录

01　朝鲜族人　001
02　惠比寿神　013
03　新娘子坐不住　039
04　八十万日元的支票　047
05　写作是因为伤感　065

06　亚洲文化交流中心是法人社团　083
07　与另外一个人的相遇会改变现有的人生　095
08　韩子煊是一个自爆炸弹　105
09　韩子煊不仅仅是一个自爆炸弹　123
10　吉田请我吃高级寿司　141

Contents

11 朱太太的老公死了 *157*

12 特别永住不是一种在留资格 *171*

13 为了妈妈的签证走后门 *183*

14 真实不是韩子煊的亲生女儿 *197*

15 惠比寿是一只流浪猫 *211*

16 我被惠比寿咬了 *229*

17 惠比寿成了樱花猫 *239*

18 第一次触电 *249*

19 触电失败 *267*

20 搬家时只带走了惠比寿 *277*

……… 朝鲜族人

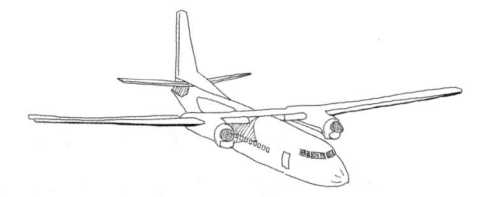

一切准备就绪的时候，维翔来电话，告诉我有急事，不能送我到飞机场。我一个人去机场，跟每次维翔送我到机场的时候一样，在新宿坐机场大巴，两个小时就到了。到登机还得等一个多小时。我无事可做，坐在候机室角落的长椅上。这说明不了什么，也许刚好赶上维翔的老婆休息在家。但是，就因为是这样的理由，我的心里更加不舒服了。

没过多久，我整个人都昏沉起来，想睡一会儿觉，却怕睡过了头会耽误登机。其实我根本也睡不着，世界上唯一可以令我忏悔的，那张女人的脸，老是苍蝇般绕着我的脑子转，挥也挥不掉。

我曾经认识一个叫藏下的女人，跟我哥是同事。我跟我哥一起住在中华街。有一天藏下来看我哥，刚巧维翔也在。没过几天，藏下来找我，要我给她的女友李太太看手相。

我去了李太太开在中华街的那家点心店。李太太个子不高，脸上涂着厚厚的白粉，看不出有多大岁数。我根本不会看手相，那次藏下来看我哥的时候，我给她看过手相，但不过是游戏，为了好玩。原则上，看手相不过就是心理学加上哲学，耍嘴皮子。我正在横滨国立大学攻读心理学。

我问李太太想看哪个方面，是爱情还是事业。李太太把右手伸到我眼前，告诉我看婚姻，因为她老公从去年三月开始，突然喜欢在外边喝酒，虽然每天回家，回家也不多话，冷冰冰。李太太用冷冰冰的声音对我说："你能看出他为什么会变成这个样子的吗？"

一种直觉触动了我。我突然想起维翔也姓李，一下子明白了眼前发生的是什么事。看手相不过是藏下设下的一个局。我心里暗骂藏下"是个臭婊子"，脸上却不动声色。我装模作样地握着李太太的手，问她："坦白告诉我，你爱你的老公吗？"

李太太回答说："都这么一大把年纪了。老夫老妻还谈什么爱，怪恶心的。但是，我跟他在台湾结婚，又跟着他来到日本，孩子都有三个了，不想离婚是真的。"接着，李太太一双黑色的眼睛盯着我，一字一顿地说："我有很多时间，用来等他回心转意。"

藏下坐在我的对面，也使劲儿地盯着我的脸看。我十分警惕，知道两个女人找借口骗我来看手相，目的是为了审判我。我来的时候是傍晚，店里面虽然开着电灯，但是我们坐在柜台的后边。头顶上的电灯因为是关掉的，所以好像坐在黑暗里。灯光下，一男一女在玻璃柜里寻找想要的糕点，商量的声音很大。我放下握了很长时间的李太太的手，告诉她，男人差不多都跟她老公一样，家花不如野花香。我认识的一位大学老师就说过，虽然都是鸡，但是，吃过了饲养的鸡，就会想吃山鸡了。为了打消李太太对我的怀疑，我故意撒谎，说我也有一个恋爱对象，是上海的男人，迟迟不跟我结婚，大概想多玩几年，跟李太太的老公是一个德行。藏下跟李太太都笑了，我还对李太太说："所以你不必担心，你老公在外边吃足了山鸡，自然就想着要回家了。"

分手的时候，我特意在李太太的店里买了几个月饼。李太太不肯收钱，藏下也在旁边帮腔，说几个月饼而已，就当是我帮忙看手相的一份谢意。我当然也爱贪小便宜，但是这一次不行，无论如何都得花钱买。我本来想在藏下那张漂亮的脸蛋上吐一口唾沫，但是没敢这么做。我把钱放在收款机那里，几乎是逃一样离开了李太太和藏下。

我离开点心店时，李太太和藏下送我到门口。一定是听说我有一个上海的男朋友，李太太看上去温柔了很多。李太太左右摇着她白皙的右手对我说："以后有时间的话，我们一起喝茶。"

其实,从李太太的点心店出来后,我会常常控制不住地想起她的脸。尤其是现在,李太太的脸,老实巴交的,彩色照片般镶在我白花花的脑子里。等我稀里糊涂地登上飞机,在自己的位置上坐下后,李太太脸上的笑容已经像一朵缤纷的花,含笑摇曳在我的头顶。

飞机总算起飞了,刚才的困劲儿一扫而光,我觉得那朵花摇晃得令我眼晕。胃里有东西往上反,想吐,但是我忍着不吐。窗玻璃外是一片片雪白的云。在我的感觉里,云是物质,会让我身不由己地想起木棒上的棉花糖。

坐在我旁边位置上的男人,用一双黑色的眼睛看着我,突然间跟我搭话:"你是中国人吧。"

在日本期间,这个问题被人问过好多遍了。陌生人问我这个问题的时候,即便是同胞,我也会有憎恨之感。我从来不会问别人这么愚蠢的问题。明摆着的事情嘛,却故意要问,跟故意揭人家的老底、破人家的相似的。有时候,我身不由己地想证明我和一部分中国人不一样,结果是哪儿都一样。这种想证明的心理,其实是一种令人伤感的纠结。玛格丽特·杜拉斯在她的小说《情人》里,描述中国人走路从容不迫,处在人群中而无好奇之心。我现在认为,这是玛格丽特·杜拉斯的一个错误的印象。我在好多场合看到的中国人,正与之相反。喧哗拥挤的人群中,中国人眼神浮游不定,永远在东张西望。在日本,有浩浩荡荡几十万名中国人，我是几十万分之一的那一个人。就说现在吧，我穿着黑毛衣、黑背带裤、黑皮鞋，连裤头和胸罩都是黑的，我坐在飞机的椅子上，跟几十万名中国人一样，东张西望。

我觉得太阳穴有点儿发热，斜着眼球看了一下说我是中国人的男人，因为不想回答，随意点了点头。

过了一会儿，男人突然用结结巴巴的中国语对我说："我经常去北京。"

我不说话，打算还是不搭理男人。于是男人改用日语跟我说话。男人说他喜欢中国。男人改用日语说话后，一发不可收拾。男人滔滔不绝地告诉我，现在的中国，遍地都是机会。男人还举了好多例子，比如中药啦，绘画啦，海蜇皮什么的。

之后，男人突然告诉我："这一次去北京，是出版方面的生意。"

我的胸口一下子热起来。从小学到中学，到高中，到大学，到出版社，到日本的大学院，我的世界就是一本又一本的书和一张写字台。所以，我有一个毛病，说它是职业病也可以，一提到出版，就会控制不住地激动。男人还在说个不停，我感觉热血已经涌到脸上来了，干脆脱下黑毛衣，歪着头直盯着男人的黑眼睛。我不由自主地对男人说："到日本之前，我在北京的工作，就是做出版的。"

男人问我是哪方面的出版，我说是文学。男人说他有一个长远的出版计划，要把北京的一批画家拉拢起来，搞一本绝世画册。于是我打断男人的话，告诉他："虽然我对绘画一窍不通，但我认识美术出版社的社长。"我说的是真的。

男人说如果我愿意的话，可以相互合作。我不知道我用什么行动表示了我的谢意。到后来，我甚至兴奋得有点儿过分，连说话都有些结巴。我对男人说："在出版方面，我曾经有过雄心大志。糟糕的是，我一直没有实现雄心大志的机会。"

这时候，飞机已经展翅飞翔到高空。机窗外蓝天一色，白云铺在飞机的下面。反胃想吐的感觉，在跟男人说话的时候，不知不觉地消失了。我听到自己的肚子在叫。我饿了。男人看上去也兴高采烈，对我说："到北京后，如果你有时间的话，我们可以一起吃顿饭。"

我回答说："好啊，我能抽出时间。"

男人要确定在北京的联系方式，对我说："我把我的电话号码给你，你记下来。你有时间了，给我打电话。"

我从包里掏出一张纸，男人立刻拿出一支圆珠笔。我把纸递给男人，他将电话号码写到纸上。我做了自我介绍，对男人说了我的名字，还告诉他我在日本是一个大学院的学生，专门研究教育心理学。

男人将写了电话号码的纸递给我说："这个电话号码，是我在北京宿泊的旅馆的电话号码。"他又从衣袋里拿出一张名片递给我说："名片上的电话号码，是我在日本使用的手机号码。"

我看了一眼名片上印刷的名字，问男人："你不是日本人。你的日语为什么会说得这么好。"男人只是笑，不回答我提出的问题。我接着问下去："你是韩国人吗？"

男人立即回答说："我是朝鲜族人。"

我怔了一下，有几秒钟没有说话。我感到难为情，觉得自己跟人家初次见面，不应该问出身的问题。好在看上去男人并没有什么不高兴的样子。过了一会儿，我摇着手里的名片，对男人说："我一有时间，就会给你打电话的。打电话的时候，就说找韩子煊可以吗？韩子煊是你的名字吧。"

男人说："对。"

韩子煊看上去有四十多岁。皮肤油光发亮，牙齿洁白整齐。空姐推着小的四轮车开始上饭。我要了鱼饭，韩子煊要了牛肉饭。我要了啤酒，韩子煊要了红酒。韩子煊把他的那份奶酪给我，说他不喜欢吃。我喜欢奶酪，就接受了。

"你在日本住哪儿？"韩子煊一边吃一边问我。

"菊名。"

韩子煊说："我住惠比寿。"韩子煊说了一个令我吃惊的名字。东京的人，都知道惠比寿是有钱人才能居住的地方。

某一个夏日，我曾经在惠比寿花园广场溜达过。广场上最高的大楼，仿佛是由一大片一大片蓝色的玻璃建成的。玻璃上映着好多移动着的人的影子，很容易令我错觉空气中有一股海洋的味道。大部分建筑物的屋顶、栏杆、窗框、街道的标示牌的基调，是金黄色和墨绿色的。无所事事的我，带着空阔沉静的心情，觉得自己正走在欧洲的某一条街道上。我的印象里，惠比寿花园广场是一座由玻璃制作的，会给你带来很多错觉的花园，明信片里的那一种花园。

惠比寿花园广场的前身是札幌啤酒工厂。喝啤酒的人，都知道札幌啤酒在日本国内也算是首屈一指。日子进了夏日以后，城市的上空热气升起，惠比寿花园广场的露天酒吧，随着路灯一盏盏地亮起来，开始渐渐地苏醒。到了晚上十点以后，露天酒吧里已经是人群熙攘、声音嘈杂。啤酒的香气瘟疫般蔓延开，在空气中泛滥，被人呼吸到鼻子里、口腔里、肺里。连夜晚的天空都蒙上橙黄的啤酒的颜色。惠比寿的夏夜的怀抱是肆意放纵的。同时，在惠比寿的麦酒纪念馆里，也有很多像我这样的人。这走走，那转转，口渴了的时候，来纪念馆排队，喝一小杯免费的札幌啤酒，然后找一家拉面店吃一碗拉面。

这样的一个夏日，即使是脑子里什么都不想，随意站在某一个高处，心中没准儿会突然升起一个意想不到的愿望。那一天，站在夜色中，在啤酒的神奇的光辉之下，我的心里产生了一种莫名其妙的幸福感，幸福得瘫痪了一般。我对自己说，什么时候有了钱，要做的第一件事，就是把家搬到惠比寿来。

其实，我那次去惠比寿的时候，还特地去了一下东京的都立图书馆。

图书馆离惠比寿车站不近，但是属于步行范围。图书馆很大，上下两层，除了日文版书，几乎囊括了全世界各种语言的书籍。我在中文图书目录里找自己的名字。我希望有我的名字。我找到了。到书店或者是图书馆去的时候，我都会找自己的名字，我想写作的人，都会像我这样，找自己的名字。除了新作，我还找到了在中国已经绝迹的处女作《父亲和他的情人》。我把它借出来，放到鼻尖，纸张散发出陈旧的气味。我去二楼，在椅子上坐下来的时候，不少人看了看我。因为我有点儿兴奋，急不可待地坐下去时，推翻了一把椅子。图书馆的空调调整得很好，不冷不热。一本书我读了三个小时，是一口气读完的。我不敢相信自己曾经写过这么幼稚的故事。去柜台还书的时候，读书时激出的鸡皮疙瘩还没有退。

"到了北京机场了。"韩子煊一脸笑容地看着我说。

不怀好意的人越来越多，至少我现在就没安好心。维翔没到机场送我，我就觉得那个卖月饼的女人是占了我的上风了。我心理上出了问题，好像一只受了伤的流浪猫，到处寻找安慰。而这个叫韩子煊的男人，好像圣诞夜醒来后枕边的一个礼物。也许我可以给维翔打电话，装作漫不经心地说我会晚几天回东京，并且告诉他，我已经不需要他到机场来接我。

我跟韩子煊一起去取行李的地方，大约等了半个小时，两个人的行李都到了。于是一起出关。在机场的大门口我和韩子煊不得不告别。

"有朋友开车来接我，我去朋友那儿。"我用手指了指右边。

韩子煊伸出手，我轻轻握了一下。

"记住，要跟我联系。"韩子煊说。

"我会记住的，我会尽快给你打电话的。"我说。

坐到朋友的车里时，我的感觉是好不容易从一种混乱的喧嚣中走了出来。

"刚才跟你握手的男人是谁？"朋友问我。

我笑了笑说："一个朝鲜族人。"

.... 惠比寿神

北京安贞桥那里有我的一间公寓。我跑到桥头的公用电话亭,给韩子煊打电话。

"是我。飞机上坐在你身边的那个人。"我说。

"我一直在等你的电话,你今天下午能过来吗?我们一起吃个饭。"

我松了一口气,真想马上见到韩子煊,但是又不能显得太轻佻。我得像个稳重的女孩。我说:"好的。"

韩子煊又问我:"你大约几点钟过来?"

我说:"三点以后吧。"

想不到韩子煊住的旅馆就在安贞桥的桥口。我换了一件灰色的毛衣,穿上牛仔裤,看了一下表,才十二点刚过。我沿着熟悉的街道走了一会儿,马路显得旧了点儿,每一个角落,每一个斜坡,每一棵树,都是老样子。桥底下修理鞋子的老头的脸,看上去比以前更加黑了,我走过他的鞋摊的时候,不由得跟他点了点头,并想起他曾经为我修理过好多双鞋子。也许老头不明白我是在跟他打招呼,脸上的肌肉只是抽动了一下。也许是自己的错觉,我觉得在他的脸上看到了一种失望的表情。然后,我看到韩子煊住的那家旅馆了。因为太凑巧了,简直像天意,凑巧我和韩子煊在空中相遇,凑巧韩子煊住的旅馆在我家附近。接下来,我会跟韩子煊见面,会这样对韩子煊说:哦,你住的旅馆,距我的公寓,也就几百米。

不过,在见面之前,我站在一根电线杆旁边,远远地眺望着旅馆。从旅馆大门进去出来的人并不是太多,我的脑子里闪过一些没头没尾的念头,没有一个念头是具体的。我松了一口气,离开电线杆去附近的一家商店。我在商店里买了一瓶红酒,买了几袋烤鱼片和花生米。我再次回到自己的公寓,茫茫然坐到下午三点。我带着红酒和烤鱼片去韩子煊的房间的时候,已经三点十五分了。

果然不出我的所料,韩子煊稍带兴奋地说:"我等你很久了。"

我很难为情,觉得不应该骗他,但是心里却再次松了口气。我说:"我也想早一点过来。刚回北京,好多事要处理。"

我每年都要回一次北京,不过是为了给空在安贞桥的公寓换换气,顺便打扫一下灰尘。房间封闭得太久,有一股子霉气,我住上几天,房间就会回来一点儿人气。昨天,不知是抽什么风,出勤的高峰过去后，我心血来潮地把房间里的东西，全部都当作垃圾扔掉了。写字台、椅子、布娃娃、被套、甚至一张想不起名字的人的照片，所有我认为是该断该舍该离的，一股脑儿地都扔掉了。我从来没有如此干净利索过，因为我觉得再也不会需要它们了。整个垃圾场，一大半，堆的都是我曾经使用过的日常用品，看上去像一座山。几个晒太阳的老头老太太，默默地坐在太阳地里看着我。他们不认识我，我也不认识他们。不久，一个老头走近我，面对着我，用他那只干瘦的手指着我扔的垃圾说："这么多还能使用的东西，你都当垃圾扔了，多可惜啊。"

旁边所有老头老太太同时直视着我。我看到一大堆皱纹中的惊奇的目光。我觉得我被看成了不可理解的怪物，于是不自然地笑了笑，对老头说："我已经用不上这些东西了，如果你家里用得上的话，可以把它们搬回家里。我不在乎你使用它们。"

也许老头没有想到我会这么说话，不由自主地巡视了一遍太阳地里其他的老头老太太。没有人说话。老头再次看了看我，哼哼唧唧地离开了。接着，剩下的老头老太太，你看我，我看你，一个个站起身来，默不作声地也离开了。我很奇怪，不知道扔自己的东西跟老头老太太有什么关系。我腰酸背痛，又添加了沮丧。我知道，一大早，我就把老头老太太的心情，搅和得乱七八糟。我的行为，把老头老太太的心情，变得跟眼前的垃圾差不多。其实，我说的是真的，如果老头觉得这些垃圾还有用，如果他想要的话，我连居室里的那台吸尘器都可以送给他。有的人想扔，有的人想要，人和人之间的关系就是如此。剩下我一个人的时候，我觉得站在垃圾堆里的自己，简直就是垃圾的一部分。

回公寓的时候，我在台阶上看到一只死去的蟑螂，于是想起菊名公寓里的那只蟑螂和玻璃杯。一天夜里，我一个人喝红酒，剩了点儿酒底，杯子没洗就睡了。第二天早上起床后，发现有一只硕大的蟑螂醉在酒杯里。太恶心了。我找来塑料袋，连杯子带还活着的蟑螂一起封起来，丢掉。当天，我买来粘蟑纸，把粘蟑纸放到门口换鞋子的地方。过了两个星期，一只壁虎趴在上面，我不敢动，就让壁虎那么趴着。但我介意得不得了，每天回家最先看的就是壁虎。又过了两个星期，壁虎平贴在粘蟑纸上，看着像一幅铅笔画。一个月后，铅笔画消失了，我想是蒸发了。死了的壁虎，是会蒸发掉的物质。我本来想抓蟑螂，却害死了壁虎。我难过了整整一个月，是属于人道的。想起菊名的那只蟑螂，我似乎有点儿明白了老头老太太为什么会不高兴。

有东西的时候，房间挺温馨的。东西没了，房间家徒四壁，只剩下虚无了。晚上，我偷偷去垃圾场转了一圈。早上扔的垃圾，大部分都消失了。壁虎一样蒸发掉了。

结果则是，我真的给韩子煊打电话，真的到他住的旅馆来了。

客室的窗帘开着一半，光线昏暗温柔。韩子煊让我坐到窗前的沙发上。我从随身的包里取出红酒和烤鱼片，把花生米放到预备好的纸盘里。

旅馆里没有准备玻璃杯，韩子煊拿来两个茶杯，将红酒斟到茶杯里。我跟韩子煊各自拿起眼前的茶杯，举到对方面前，两个茶杯碰到一起时，同时说了声干杯。

其实，我根本不知道自己为什么真的会到韩子煊这里来。虽然我将与韩子煊的关系解释成天意，而关系无疑是脆弱的。

喝完第一杯红酒，韩子煊站起来，从皮箱里取出一叠资料给我看。是一些报纸和杂志的复印件。韩子煊的照片也在上面，因为是复印，看上去像雕刻。

"原来你真的是做国际贸易的啊。"我放心地说。

韩子煊说："我现在只做中国贸易。"

韩子煊热爱中国，他的笑容给我安慰和亲切感。我点点头，说："我代表中国人民欢迎你。"

韩子煊大声笑着说："谢谢。"

本来，在见到韩子煊之前，我一直在想，他是否因为我东张西望，才大胆判断我是中国人。语言可以解释一切神情，神情本身不需要语言。我眼睛里的大多数中国人，他们的神情是蔓延无际的杂草。浮游不定的眼神，鼻孔里伸出来的鼻毛，女人毛茸茸的腋窝。这些我厌恶的东西，都被我归结为杂草。

但是，我很快发现，韩子煊给我看的复印资料的日期，都是几年前的日期。眼前的韩子煊重新微妙起来，我把资料还给他，"为什么？"我问。

"为什么？"韩子煊重复我的提问。

"给我你的电话号码，约我到这里来。"

"你结婚了吗？"韩子煊问。

"没有。"

"有男朋友吗？"

我说："不好说有没有。我的男朋友有老婆。但是，我们在一起已经很久了。"

"这可是不幸的爱情，这种爱情通常都不会有什么好的结局。"韩子煊冲着我微笑地说，同时从我的对面走过来，坐在我坐着的沙发的扶手上。韩子煊的大腿贴着我的肩膀。我感到一只手轻轻地搭在我的肩膀上。我坐着不动，心里七上八下。

韩子煊说："先是你的一身黑衣。然后是你吃我给你的奶酪时，露出一排整齐的牙齿。我喜欢女人，是从她们的牙齿开始。"

"那么，中国人呢？你怎么知道我是中国人？"我还是忍不住问了这个糟粕的问题。

"你往行李架上放行李的时候，我正坐在你的身后，我听到你跟身边人的对话，你说的日语不地道。飞机是飞往北京的，我断定你是中国人。"

于是我问韩子煊："你说你是朝鲜族人，那么你是属于南，还是属于北呢？中国东北有朝鲜族，你是中国的少数民族吗？"

韩子煊不回答他属于哪里，只是说："说来话长。"

我站起身，把韩子煊的红酒杯递给他，顺势摆脱了肩膀上的那只手。我摆正坐姿，意思是我愿意听韩子煊的故事。韩子煊看上去像韩剧里痛苦的男演员，将杯里的红酒一口饮尽。韩子煊站起来，走到窗前，把另一半窗帘也打开。太阳照进房间，眼前一下子明亮起来，杯子里的红酒发出浑浊的光。为了让自己的眼睛好受一点儿，我换了个位置，坐到刚才韩子煊坐的沙发上。

我跟韩子煊又脸对脸了，他一口气地说下去，滔滔不绝。

我本来猜测韩子煊是在日本的二世，来自东北的延吉或者哈尔滨。但是，韩子煊告诉我他出生在韩国，由于他父亲的原因，十六岁的时候，不得不离开韩国。一离开就是几十年。有生之年恐怕都不会再回韩国。

韩子煊讲故事的时候，我一直保持着岩石般的沉默，我有好久没有如此小心翼翼地听一个人说话了。韩子煊的神情里有一种让我受不了的东西，一切尽在不言之中，这是一个令人感到忧伤的时刻。

韩子煊告诉我，他的父亲因为拥护朝鲜而被韩国政府逮捕，他妈妈受他父亲的牵连遭拷问，他妈妈怕拷问会牵连到他身上，即使不受拷问牵连，相信他在韩国也不会有好的前途，于是设法让他来到了日本。韩子煊说到这里的时候，我曾一度打断他的话，问他："所以你才说你是朝鲜族人吗？"

韩子煊说原因并非如此简单，从韩国跑出来，已经过了这么多年。如今长大成人了，不知道自己到底是哪个国家的人。但是，说自己是朝鲜族人，因为日本也有好多同类。

韩子煊说的同类与同胞不知道是不是同样的意思。韩子煊给我看了他的两本护照，一本是日本的永住，一本是朝鲜的。我想朝鲜的护照也许是在哪里花钱买的，是假的，但大红公章看上去很真。日本跟朝鲜没有国交，不知道韩子煊是怎么搞到手的。

我问韩子煊："除了日本的永住，你怎么会持有朝鲜的护照呢？"

"至于朝鲜的护照，你知道，"韩子煊说，"其实没有什么可奇怪的。韩国政府认为是敌人的人，朝鲜的政府就会视为英雄。"

韩子煊告诉我他父亲在朝鲜很有名。朝鲜的人把韩子煊的父亲当英雄。说真的，我一向讨厌学习历史，所以，在某种程度和某种角度上来说，我不太听得懂韩子煊在说什么。我还没有去过朝鲜。说到朝鲜，我满脑子都是抗美援朝的影像和画片。在我的意识里，朝鲜是我童年记忆中与我们中国携手相助的兄弟。还有，韩子煊看上去光明磊落，所以，我不太愿意相信，他是藏在一条船的肮脏的舱底，一脸黑油地偷渡到日本的。

韩子煊说完他的父亲,他的故事就告了一个段落。韩子煊说话的工夫,我加了两次红酒。我的脸热乎乎的。我问韩子煊:"你父亲,现在没事了吧?应该平反了吧?"

韩子煊问我什么是平反,不等我解释,他用手指了指天井说:"我父亲不在了,早就不在了。他已经死了。"

有好长时间,我不想说话,因为我不知道,在这种情况下,是应该安慰韩子煊呢,还是应该道歉。我有点儿迷迷糊糊的。遇到搞不明白的事,我都会迷迷糊糊的,好像眼前云山雾罩,找不到深浅,也辨不清远近。我所知道的今天的韩国,是通过电视,感觉跟祖国一样,是一个和平而美丽的国家。我喜欢吃烤肉和泡菜,还喜欢吃朝鲜凉面。对于我来说,烤肉、泡菜和朝鲜凉面,没有南北之分。

韩子煊活在人间的时间,差不多比我长一倍。好多事情,只要转过身去,就变成了无法理解的东西。好多逝去了的时间,只要动一下,就变成了无法想象的距离。

房间的光线已经昏暗下来。我看了看手表,已经是下午五点了。韩子煊问我要不要打开电灯,我点点头。电灯亮起来后,刚才沉闷的空气一下子流畅起来。韩子煊微笑着为我和他的茶杯添加了红酒。韩子煊是侧脸对着我的,他的脸看上去非常光滑。我想,如果韩子煊哭的话,那么光滑的面颊可能挂不住泪水。我这样想入非非的时候，韩子煊问我为什么僵在那里不说话。我摇摇头，又点点头，还是不说话。

韩子煊把一本复印的资料递给我，让我看。韩子煊说："我一直留着这些资料，是因为它们很重要，一如我的私有财产。"韩子煊把资料说得像不会忘却的纪念，他不知道我其实不喜欢沉重。复印资料在我的手上沉重得像整个宇宙。

不过，我还是不想伤害一个正在伤心的人。我把韩子煊添加给我的红酒喝光，问他："是否可以让我慢慢儿地看？我想看得仔细点儿。"我的意思是以后找时间看。

韩子煊误解了我的心思，或许他以为慢慢看是我的诚意，并有所感动，特地告诉我他之所以住在这家旅馆，是因为承包旅馆的老板是韩国人，早就认识。为了让我慢慢地看资料，韩子煊说去找那个女老板聊聊天，大约三十分钟左右回来。

这是另外一个段落。韩子煊来日本后，到他在日本安定下来。

跟大多数的偷渡者一样！少年韩子煊也是藏在黑暗的船舱里，从大海漂到日本岛。

韩子煊刚到日本的时候，想做的第一件事，就是洗干净船舱留在脸上的黑油。因为韩子煊不会说日语，买香皂的时候，不得不用双手做出洗脸的动作。一切都是从被他洗干净的一张脸开始的。香皂用掉了韩子煊身上所有的钱。韩子煊踏上日本后的第一个月，是在公园里度过的。韩子煊的第一顿饭，是公园里的自来水。为了谋生，韩子煊在饭店里洗过碗，在工地上扛过盖房子的木头大梁，在加油站洗过车，所有可以用来赚钱的工作都做了。不仅如此，因为日本警察很难找理由对一个步行的人做职务询问，但经常以自行车为借口对感到怀疑的人做职务询问。黑在日本的韩子煊，不敢骑自行车，怕被警察职务询问了，被抓起来，被遣送回韩国。韩子煊拼命融入人群，同时，尽可能在人多的地方少说韩国语。最重要的是，韩子煊赚了钱，首先花在学日语上。为了不暴露偷渡身份，韩子煊花钱请家庭教师，他租的房间只有四贴半榻榻米那么大。韩国语的发音跟日语非常接近，所以，不到一年，韩子煊说的日语，就可以骗过日本人了。

　　复印资料上的照片，就是在那个时候拍的，虽然看上去像雕刻，依然掩饰不了韩子煊的本质。照片上的韩子煊，站在一栋灰色的楼的前面。灰色的楼里，有韩子煊在日本租下来的第一个办公室。灰色本来是背景色，但是，因为韩子煊脸上的微笑过于灿烂，表情全神贯注，所以灿烂反而成了灰色楼房的背景。我想拍照片的那一天，一定是阳光灿烂，不然照片上的天空不会蓝得那么透明。

　　我觉得韩子煊真的很聪明，利用韩国语和日语，教日本人和那些在日本长大的韩国人学习韩国语，教那些刚来日本的韩国人和中国人学习日语。教外国语的收入比干体力活高出很多，随着收入的增加，韩子煊对未来的向往也高涨起来。韩子煊开始有了一种预感：用不了多久，他就会根植日本，除了韩国去不了，但却可以跑遍全世界。韩子煊将内心吟唱的，对未来的希望，变成句子，将句子以外国语的形式教给学生。很快，韩子煊的愿望就在他的学生中开花结果了。学生们帮韩子煊做他想做的生意，帮他介绍他想认识的人。韩子煊最想认识的就是大学教授。日复一日，终于，有一天，韩子煊发现怀里拥抱的大学教授的数字超过了一百，而这正是他想要的数字。

韩子煊回到房间，我问他："你为什么这么执著于大学教授呢？"

韩子煊说："我在教学生的时候发现，在日本，大学教授的社会地位不是高而是特殊。大学教授说地球是圆的，比教科书上说地球是圆的，要可信得多，因为大学教授代表着良知和良识。"

我们中国人，几乎人人都称呼对方为"老师"，而在日本，只有教师、医生、律师和国会议员才被称为"老师"。我想韩子煊从一开始就算计好了，他开垦了一块荒地，空地很大，他在空地上撒了好多种子。韩子煊不着急收获，而是等着种子慢慢长高，长到和他心里的理想一样高。

他的名字叫韩子煊，一百名大学教授在他准备好的愿书上，为韩子煊这三个字签下了自己的名字。

我合上复印资料的时候，韩子煊总结性地说："就是这样，我，虽然是偷渡来日本的，但是，因为我拥抱了一百名大学教授，所以拿到了永住的在留资格。"

我理解韩子煊现在的心情，但是，对于这件事，我总结不出自己的想法是什么。沉默了一会儿，我问韩子煊："你的情况不属于政治避难，你可能是偷渡到日本却获得了永住资格的第一个外国人。黑在日本和拿到永住资格，对你来说，切身感到的变化是什么呢？"

韩子煊想了想说："跑来日本的时候，我还是个少年，一无所有。那时的生活，其实就是担心被日本警察抓到、被遣送回国。一直生活在不安和恐惧中的我，突然在某一天有了身份，小心翼翼的生活结束了，可以光明正大地活着，每时每刻，甚至明天，甚至明天的明天，都不再是恐惧的时间和日子。虽然身体本身至今也忘不了那种心脏的悸动，但在精神方面，我开始身不由己地怀念起留在韩国的妈妈。"韩子煊稍微停顿了一会儿，"妈妈终于来到日本的那一天，虽然妈妈能够走路，我却执意将妈妈从车站背到家里。路上有很多人看我们，妈妈觉得害羞，但是我不在乎。妈妈的胸脯，比呼吸还近地温暖着我的背。妈妈活着，我也活着。这比什么都重要。我的心，已经空了那么长那么久的时间。"

韩子煊说他的心是空的,我能够理解。妈妈不是生活的全部意义,但是妈妈是生活的最高意义。这是我个人的信念。当韩子煊跟我这样说起他妈妈的时候,我就觉得,眼前这个受苦受难的男人,有资格令我为他痛哭流涕。尤其我看见韩子煊的眼睛里都是泪水,我最承受不了的东西里,有一样,就是男人的泪水。

一切都超出我的想象。

除非万不得已,我不喜欢跟人相处得这么疲累。一边可怜韩子煊,一边又觉得心里不太舒服,因为我刚刚才认识韩子煊,他这样对我谈他的过去已经令我惊讶。真希望他不要继续诉说他过去的伤痕,不要再追加沉重于我。我自己是不会拒绝的,因为我最大的弱点就是缺乏拒绝他人不幸的能力。这一刻,我所有的心情,都被韩子煊的记忆覆盖了。仅仅是他的泪水,我已经被彻底地淹没了。

我刚刚读完日本的《古事记》。故事说伊邪那美在生火神的时候死了,于是她男人伊邪那岐去黄泉国找她,想把她带回来。但是她已经吃了黄泉国的食物,满脸都是腐肉和蛆,身体围绕着八雷神。伊邪那岐被吓坏了,拔腿就跑。伊邪那美曾经要求伊邪那岐,在她回来之前绝对不可以见她,所以她觉得伊邪那岐侮辱了自己，派八雷神追杀伊邪那岐并诅咒他，说自己每天要杀他的一千个人。伊邪那岐就说，你每天杀一千个人，我每天就造一千五百个房屋。从黄泉国回来后，伊邪那岐觉得黄泉不是干净地，应该把身体洗干净，于是到阿坡岐原净身。伊邪那岐洗着洗着，就洗出来三个神，洗左眼时洗出天照大御神，洗右眼时洗出月读命，洗鼻子时洗出须佐之男命。其实伊邪那美和伊邪那岐刚结婚的时候，生过一个小孩，起名水蛭子。水蛭子无骨，到了三岁都不能站立，于是遭遗弃，被放置在芦苇舟，任他随海漂流。此畸形儿后来在西宫海岸被拾，拾获时已经长出骨头，被爱称为惠比寿，并被奉为"夷三郎大明神"加以祭供。

韩子煊从海上漂来日本，被一百名日本的大学教授爱称为国际贸易员。

韩子煊跟我说了这么多，最后总算住嘴了。我了解到韩子煊的过去，差不多还是全部。我心里生出的一丝温馨，肯定跟韩子煊说起他妈妈有关。因为是这样的理由，我不由得问韩子煊："你妈妈呢？她还健在吧。"

韩子煊似乎很高兴，对我的善意表示感谢似的说："她挺好的，我经常给她打电话。下一次给妈妈打电话时，我会转告妈妈，说你也在惦记她。"

我想韩子煊不该跟他的妈妈提起我，不过，即使他跟他妈妈提起我，也证明不了什么。我也经常给我妈妈打电话，东拉西扯的时候，也会说出一些妈妈根本就不认识的人的名字来。说到妈妈，我来日本后，吃生鱼片的时候，洗温泉的时候，去迪斯尼乐园的时候，总是遗憾妈妈不能跟我一起享受。我一直想把妈妈办来日本，让妈妈在日本好好地玩一阵子。我想妈妈也想来日本看看我的。但是我还没有找到时机。

"你妈妈呢？你妈妈好吗？"韩子煊问。

我回答说："我妈妈挺好的。"

"你这次回来，看过你妈妈了吗？"

我吸了吸鼻子说："我妈妈不住在北京，在大连。我打算下个星期就去大连。我回国的时候，每次都是先到北京后去大连，这样可以在大连多住一些日子。我总是从大连回日本。"

我在潮湿的大连生活过十六年，想起大连的时候，会觉得空气中涌动着海蛎子的味道。不止一次，每次，当我想着要逃避什么的时候，我就会想起妈妈。反正，人总是在不安的时候就会想起妈妈。说真的，虽然我不讨厌谈妈妈的事，但是我的肚子饿了，很想立刻去吃饭。不知道为什么，这种时候，韩子煊却突然不说话了。韩子煊沉默了好长时间。在这种气氛里，我不知道应该如何开口说我饿了，只好轻轻地喘了一口气，把那本复印的资料还给韩子煊。韩子煊将复印资料放在他自己的膝盖上。瓶子里的红酒还剩下三分之一，花生米和烤鱼片几乎没有动过。饥饿感变成一丝可有可无的忧愁，我的情绪乱起来。差不多在我就要忍不住与韩子煊告辞的时候，他突然注视着我，没头没脑地说："如果你降下的那个世界，是一个冰冷的地方，那么，你越往下降，就越是会感到温暖。"

韩子煊的话像诗。说真的，我不敢确信我是否理解了韩子煊的这番感想。不久前，我曾经看过一段视频，奥地利的极限运动家费利克斯·鲍姆加特纳，从近四万米的最冷的高空自由坠落，以血肉之躯，超音速坠落。费利克斯·鲍姆加特纳成功了。不过，在这之前，在进入音速区的时候，费利克斯·鲍姆加特纳曾一度失去过控制。

我饿得受不了。我真的要走了。我抬起手臂看表，对韩子煊说："时间过得真快，已经是下午六点了。"

韩子煊说："我们一起去吃饭吧。"

我喜欢苹果，有一次，我买到一个又大又红的苹果，苹果真的很甜，里面甚至有蜜，但是吃到中间，有一只白色的小虫，小虫看上去非常柔软，感觉比我还要惶恐。我忽然觉得恶心，不知道小虫是怎么钻到苹果里的，不知道小虫活了多久。我讨厌虫子，又舍不得扔掉苹果，心想小虫子快一点儿饶了我吧。现在我的惶恐的心情，和那时一样。人的欲望总是离不开纠结。我还是答应了跟韩子煊一起去吃饭。

韩子煊说晚饭在国际饭店吃,我就跟去了。去日本前,我曾经来过几次国际饭店。顺着旋转大门,我一步步走进去,环顾四周,觉得富丽堂皇丝毫未变。我想起去日本前,曾经在这里与演员刘晓庆见面,那时她刚好出版了一本书,书名叫《我这八年》。我那天很高兴地得到了一本她本人签名的书。

从大厅直接去餐厅,我和韩子煊挑了一张圆桌坐下来。韩子煊让我点菜,而我不太会点菜。我喜欢虾,喜欢干贝,喜欢空心菜,喜欢烤鸭,于是就点了虾、干贝、空心菜和烤鸭。有一个似曾相识的男人跟我打招呼,我想不起是什么人,微笑地朝他点了点头,小声地说了句:"你好。"客人陆陆续续地多起来,旁边的桌子也都坐满了人。

年轻的女孩把菜端到桌子上时,我不由得想起已经跟我离了婚的大宇。有一次,也是在国际饭店,我跟大宇一起吃饭,服务员不小心将菜汁撒到大宇的西装上,大宇很恼火,一把推开跟他道歉的女孩,大声地骂道:"讨厌。真讨厌。你怎么这么不小心,这可是刚买的西装。"我感到很羞耻,真想立刻走开。意识到与大宇有着格格不入的地方,也许就是从那个时候开始的。还有一次,有人敲家里的门,大宇去开门,一个戴黑色棉帽子的男人,伸手跟大宇讨钱。大宇一掌推开要钱的男人,一边大声地骂"滚开",一边关上了门。为此我跟大宇狠狠地吵了一架。我对大宇说你怎么能这样无情呢?大宇说要饭的比你都有钱。我感到难过的是大宇所站的角度不太好。就说对待那个要钱的男人吧，换了我的话，至少也会给他几个零钱。我会这么想，我施舍的不是钱，我施舍的是一种人道。不过，这么好的一句话，并不是我自己想出来的，是我在一本书里看到的。人会受文字的影响，我读书的时候，脑子里会有好多新的念头生出来。反过来，读了几个月的《圣经》，我的脑子里就只剩下忏悔了。

话说回来，吃菜的时候，我的兴致一下子高涨起来。特别是烤鸭，因为好吃得不得了，不小心，我一个人竟吃掉了一大半。不知什么时候，我早已经把韩子煊的故事给忘了，把大宇也给忘了。我跟韩子煊很快吃完饭。其间，我有过一个想法，如果跟一个有钱的人在一起，我并不特别想这个男人一定就是韩子煊，那么以后就可以常常来国际饭店，每次都可以吃这么好吃的烤鸭，真是死都不遗憾了。但是我马上意识到，这个想法不太光明正大，想法本身像贼。一瞬间，我觉得为了一盘烤鸭，自己成了苹果里的那只令人恶心的白虫子。我觉得沮丧，想不通自己为了一盘烤鸭怎么会下贱至此，竟想跟随便的哪一个男人生生死死。我感到悲哀，想迅速离开餐厅，好在韩子煊邀请我去卡拉OK。

卡拉OK里除了我和韩子煊，还有对面坐着的两个男人。说是对面，中间隔着有百米的距离。卡拉OK像一个很大很大的箱子，随便丢了两块东西在里边，一块是我和韩子煊，一块是对面的两个男人,剩下的都是轮廓。天井上亮着几个彩灯。我嗓子沙哑,本来不喜欢在人前唱歌,偏偏对面的两个男人坐着不动,每次我看他们的时候,发现他们也在看我们。

我说:"一对一似的,真尴尬。他们怎么不唱歌呢?"

"他们不是来唱歌的。"

我问:"他们不唱歌来这里干什么?"

"有一种工作,坐在某个地方不动,看有什么人,看人在干什么,看能发现点儿什么。"

我说:"这是什么工作呢?"

韩子煊说:"他们也许是韩国人,也许是朝鲜人。"

"你这么认为?"

"我这么感觉的。"

眼前的一切令我无法理解,以至于我只能喝饮料。原来是橙汁。

韩子煊穿了一套藏蓝色西装,白衬衫,红色的领带,黑皮鞋,一丝不乱。这一刻,韩子煊的面孔是出现在尘埃中的陌生的一张脸。"朝鲜族人",好像蜗牛走到哪里就背到哪里的硬壳,已经成了韩子煊生存下去的信念。人活着总会有那么点儿信念。有时我想,人死了以后,能够留下来的就是那么点儿信念。我还年轻,喜欢的东西很多,喜欢黑颜色,喜欢书,喜欢钱,喜欢一大堆男人。我喜欢的男人到处都是,咖啡馆、图书馆、校园、商店、甚至幼儿园,到处可以找到他们。他们也许二十岁,也许五十岁,也许八岁。但是,我能够跟他们做什么呢?喜欢不过是单方面的心情,彼此追求的时候才会产生欢喜的情感。我声音沙哑、黑头发里掺杂着白发的时候,发现最好的年华在我不注意的时候已经丢失了,如今我在神秘的海底、遥远的丛林、语无伦次的诗歌里可以看到它们的面影,它们的面影是多么遥远,即便如此,如果可以住到惠比寿,一想到我现在的信念就是住到惠比寿这么单纯,我就觉得无比感动。实际上,我模模糊糊地觉得,韩子煊与我之间,也有一种格格不入的东西。是什么呢?我现在还说不清楚。

多少年后,那时我早已经跟韩子煊分道扬镳,我回北京,再次在国际饭店遭遇对面的两个男人,他们主动跟我打招呼,说他们已经知道我跟韩子煊分手了,还问我是否知道韩子煊是不是朝鲜的特务?或者,是不是韩国的特务?

我一口否定,我说怎么可能呢?韩子煊是那么穷,连穷都不如,他欠着一屁股的债,一辈子也还不起。我说我连韩子煊老后的样子都想象得到,他会像流浪猫,孤独地死在马路或者公园的某个角落里。说不定韩子煊已经死在公园里了。

对面坐左边的男人点燃口里的香烟,红色的火光中映出两张脸,一张圆的,一张尖的,看不出他们的目光投向哪里。火光一下子灭掉，四周再次陷入昏暗，我觉得空间不再是轮廓，静寂膨胀着，有点儿压抑，然后韩子煊站起来，对我说我们换个地方。

安贞桥是我们共同的归处，我说先回安贞桥。韩子煊去饭店门口叫出租的时候，我像金鱼尾巴上一直拖着的粪站在他的身后。我先钻进车，韩子煊跟着我上车，车向安贞桥的方向驰去。

"那么大一个饭店，竟然没有人来唱歌。"我说。

"我们去的时候，时间早了点儿。还有，住店的人多是做生意的，应该比较忙。"

司机问去安贞桥的什么地方，韩子煊看着我的脸说："还是到我那里坐坐，好吗？"

我缄默不语。

"你觉得时间太晚了吗？"韩子煊问。

我犹豫了一下说："时间是不早了，但是也不差这么点儿时间。"

"那就这么定了。"

我说："好。"

韩子煊对司机说了旅馆的名字。

一路上没有怎么塞车，一个一个的路灯从眼前逝去，韩子煊的左手握着我的右手，我并不抽出我的手，而是一动也不动。我很愿意紧紧地抓住这样的一种温暖，通过手与手传递的温暖。手心里明明浸着冷的汗水，我却觉得身体有东西火一样地燃烧着。

不久我和韩子煊进了旅馆的大门，服务台的灯已经亮着，几个女服务员在那里说笑。韩子煊走到台前，说了房间号，接过房间的钥匙，我跟在他身后，穿过太阳般明亮的灯光去他的房间。

韩子煊打开写字台上的灯。光线鸡蛋黄一样温柔。

"我整个下午都在想。"韩子煊说。

"想什么？"

韩子煊走到我身边，温柔的台灯的光被他穿着的西装吸走了。天井是混沌的，他的脸是混沌的，他使用的香水的味道混着他的呼吸也是混沌的。混沌的他的呼吸撞到我的脸上。其实我知道他整个下午在想什么。

"请你坐到床上。"韩子煊说。

我坐到床沿，半个屁股悬在空中。

韩子煊坐到我身边。房间似一片静止的夜色下的湖面。我们沉默了一分钟，沉默了五分钟，直到我觉得受不了。我看了一眼墙壁上的挂历，深深地吸了一口气，"太快了。"我说，"我们刚刚才认识了几天，今天是第二次见面，我们好像跑在高速公路上。"我咽了一口唾液，"对不起，今天不行。"

拒绝一个男人，是我的权利。但是，不知道为什么，每次拒绝男人的时候，我都会对男人说对不起。说完对不起，心里还会有一点点儿的悲伤。

失望围绕着我，想跨出那一步的时候，却突然觉得没有兴趣了，没有情绪了。这种事，需要某一种心情。而现在，我没有那种心情。韩子煊就在我的眼前，虽然他的体温烤着我，但是，我觉得心中还没有充满对他的爱意。

韩子煊用嘴唇打出一声呼哨说:"我只是想抚摸一下你的屁股,想知道你的屁股是凉的,还是热的。"

"只是摸一摸?"我问。

韩子煊点了点头说:"就摸一下。"

我没有系裤腰带的习惯。我花时间解开裤子的扣子,慢慢拉开牛仔裤的拉链。

韩子煊的一只手刚好插进去。他的右手顺着我的腰际滑下去,滑到我的屁股。

我还没有来得及做出反应,韩子煊已经抽出了手,脸上绽开灿烂的笑。

回到公寓,我立刻给维翔打了一个电话。

………　新娘子坐不住

我想，如果韩子煊来机场接我的话，我就跟着他走。所以，看到韩子煊站在混乱的人群中，我一条线地向他走去。韩子煊穿了一件米色的呢料大衣，长过膝盖，两只手捧着孤零零的一朵红色的玫瑰花。我吃了一惊。韩子煊以为我是在失望他只买了一朵花，于是我慌忙跟他解释吃惊与花的数量没有关系。怕我不知道，韩子煊告诉我说，一朵红色的玫瑰表示世界之大你是唯一、一见钟情、情有独钟、一生倾心、我的心中只有你。我回答说我知道花所代表的意义。

沉重的皮箱由韩子煊推着，我手里握着红色的玫瑰花。不知道这朵花为什么会看上去那么显眼。

在电车的椅子上坐下来时，我趁机把花放在脚底下的皮箱盖上，不再碰它。韩子煊坐在我身边，我在想一件与一朵红花有关的事。

1984 年，我毕业于东北的一所师范大学。那个时代与现在不同，毕业时，自己无法选择自己的进路，由国家统一分配。当时的男朋友大宇，先我一年被分配到北京，为了第二年我也能分到北京，我们两个人分别做了好多方面的努力。我毕业时，如愿到了北京，但令人吃惊的是，我和大宇竟然在同一个单位。大宇做行政，我做出版，部门不同。外地户口能分到北京是不得了的事，一对恋人能分配到同一个城市是不得了加了不得的事。我和大宇分到同一个单位几乎就是奇迹。不过，我没有料到的是，对于我能够分到北京，妈妈比我还要激动。我至今还记得，我回家的时候，妈妈在家门口等着我。看到我的一瞬，妈妈一下子把我拥到怀里，好像我是从天而降的梦。我和妈妈紧紧地拥抱，两片面包似的紧紧地贴在一起。妈妈激动得一句话都说不出来。妈妈的面颊潮乎乎的，挂着两行泪。

那时天已经黑了，气温高，刚好路灯下聚集着几个乘凉的邻人。妈妈牵着我的手，从一个人走到另一个人那里，骄傲地说："我们家的秋，大学毕业了，被分配到北京，过几天就去北京报到，成北京人了，在北京生活。以后有机会，我们一起去她家玩，去北京，去天安门广场。"

邻人们发出一阵欢快的笑声来回答妈妈的话。也许，妈妈还是第一次被自己的孩子激动出高兴的泪水。妈妈除了感到骄傲，还认定我了结了人生的一桩大事：阳光灿烂的美好前途。

我被分配到北京是因为学习成绩好，三十多门科目，全部都是优秀。大宇的成绩如何，我没有问过。毕业实习的时候，领队的是大宇的班主任，谈到过去的毕业生，喜欢拿大宇作榜样。大宇的班主任这样夸大宇："大宇不仅人长得漂亮，字写得漂亮，还相当聪明。"我相信班主任说的话。那时能分到北京的名额极少，大宇从农村走出来，农村走出来的孩子能分到北京，可以说是凤毛麟角。

我刚到北京不久，大宇就参加了讲师团，要去长春工作一年。有一天，大宇突然回到北京，说单位要搞一次大型的集体婚礼。大宇问我要不要趁着这次集体婚礼跟他结婚。大宇说上面保证了，参加这次集体婚礼的人都会得到一套房子。

那时我住在单位的宿舍里。二楼住女的，三楼住男的。我住的房间有六个人，都是二十岁左右的女孩。令我烦恼的是，我们都在恋爱，都有男朋友，男朋友来玩，想干那种摸摸索索的事的时候，只能趁着天黑去附近的公园。

说起房子，我脑子里总也抹不掉童年的居屋。墙壁是用白色的石灰涂抹的。粗糙的墙壁上用摁钉钉着一幅没有装裱的油画，一对鸳鸯在戏水。画的下面是哥哥的书桌，抽屉里有几本小说。

最早读的一本书是《上海的早晨》。《白求恩大夫》家喻户晓，长大后知道两本书都是周而复写的。那时我不关心作者，被书里的彩色插图深深吸引。或许因为我喜欢徐义德，印象最深的竟是徐义德的大肚子，不知为什么看也看不够，每次看每次笑，现在也不知道哪儿有意思。以后还读了《青春之歌》和《牛虻》。这三本书是我的文学启蒙。小时候家穷，买不起玩具，我就读这三本小说。三本书都被我翻烂了，像碎在水里的软豆腐。《上海的早晨》里，有一栋"在一片红色砖墙的当中，两扇黑漆大铁门紧紧闭着"的房子，想象中阴森森的。那时的我，想象自己如果来到这样的房前，一定会倒着走，小心翼翼地离开。不过没有关系，这只是周而复用文字描绘出来的房子。我会长大，会拥有用砖头盖的属于自己的真正的房子。我会用空罐头铁盒做一个叮当作响的风铃挂在门上。空罐头铁盒是我童年的梦。

我跟大宇说我愿意结婚。如果允许，我想在这里对大宇说一声对不起，因为那一次婚姻虽然跟爱情有一定的关系，但无疑脆弱。房子才是来自童年的一个很大很大的梦，大到我看不见其他的东西。

大宇戴着深度眼镜，透过厚厚的玻璃镜片，不断地对我说："你知道这一次集体婚礼意味着什么。意味着我们一结婚就有房子，不用住集体宿舍等分派房了。"大宇的日语水平很高，我是受大宇的影响才开始学习日语的。我和大宇都知道日语里的那个成语：一期一会。

一期一会。一生中只能拥有一次。

婚礼是在位于崇文门的团中央大楼里举办的。因为决定得太突然，我甚至没有来得及准备漂亮的衣服。结婚那天，我穿了一件天蓝色的棉袄，黑色的水洗布裤子，咖啡色的棉皮鞋。婚礼最热闹的时候，我发现鞋底已经磨得快要穿洞。

为十一组新郎和新娘戴花的是团中央的几位领导。当时，给我戴花的人正好是书记。书记走到我身边，将一朵红花插到我棉袄的前襟上，红花掉到地上。我拾起红花，把花交给书记，书记微笑着将红花再次插到我棉袄的前襟上，红花又掉到地上。我再次拾起红花，把花交给书记。书记第三次将红花插到我棉袄的前襟上，红花还是掉到地上。插一次掉一次，红花第三次掉到地上的时候，书记忍不住地笑起来说："新娘子坐不住啊。"

一年后，我和大宇离婚了。每次被他人问及离婚的理由，我都把红花三次掉在地上的事说一遍，最后，引用典故一样引用书记的话："新娘子坐不住啊。"于是，连那些问我离婚理由的人都会觉得，那朵戴不住的红花，是我命运的昭示。

我本来想，如果韩子煊想留下来过夜，就答应他。但是，不等韩子煊表态，我就说我太累了，让他回惠比寿了。韩子煊前脚走，后脚我就将他留在房间里的红色玫瑰花扔到了垃圾桶里。事实上，我从小到大都持有一种秉性，觉得晚霞的红是忧伤的，槐树的花是芳香的，风吹动的声音是悦耳的，凡事凡物是有它的命运的。红色的玫瑰花给我的感觉不太吉祥。

………   八十万日元的支票

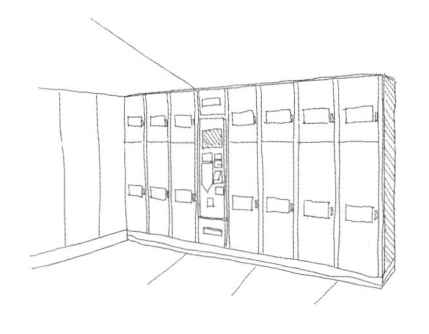

过了那么久,我又走在惠比寿花园广场了。

梦境中看过很多次的地标塔,有39层,一点儿没变样,还高高地耸立着。玻璃广场、惠比寿三越、威斯汀酒店,我想不必扯出更多,因为这些已经不再重要,重要的是我的身边走着韩子煊,韩子煊住在惠比寿。天高云淡,大片树木被太阳光照得葱绿,喷水与玻璃相映,街道熠熠生辉。碰巧我看见了那家拉面店,想起我的钱包里还有一张一直舍不得扔掉的积分卡。

我很兴奋,一直在想韩子煊的办公室是什么样子。

办公室在一座高层大楼的四楼。韩子煊打开乳白色的大门,让我进去。虽然是大白天,房间昏暗得几乎看不清人。韩子煊打开电灯。房间是长方形,石灰地,墙壁的壁纸有几处破损的地方。空气冷冰冰的,泛滥着灰尘的气味。房间好像好久没有晒过太阳了。韩子煊去窗前打开窗帘,窗玻璃被厚厚的一层灰尘覆盖着，根本看不见窗外的风景。房间的眼睛被灰尘弄瞎掉了。我看到四张写字台上散乱着纸张，纸张和桌面同样布满了尘埃。我不知道应该用什么样的语言和表情来表示惊讶，但韩子煊好像明白我在等着他的解释，跟我说他基本上不在国内。

写字桌上有一台已经发黄了的台式电脑。我还是第一次见这么老式的电脑，好奇地按了一下电源，电脑真启动了，好像在用尽全部的电力。画面的底色是黑的，一排排绿色的英文字母显示出来，突然间，画面死掉了。我指着电脑，提醒韩子煊电脑坏了。韩子煊说早知道电脑坏了，没有扔掉它，是因为买它的时候，花了差不多有上百万日元。原则上，电脑的价格昂贵，意味着电脑的年代久远。接下去的话，我没敢说出口，这台用上百万日元买的电脑，现在拿到旧货商店去卖的话，不仅卖不出一分钱，还会被当成粗大垃圾被迫交回收费。

韩子煊带我走出办公室，到隔壁的房门前，把隔壁的房门也打开。韩子煊说他在四楼租了两间办公室。另外的这间办公室也是到处都充满了灰尘。我比刚才还要吃惊。韩子煊跟我说了句什么，我没有听见。空气是冷的，不知为什么，我的后脑勺和耳根那里开始出汗。到办公室之前的心里的兴奋找不到出路，进退两难。我在门前站着不动，站了好久。

这时，我想我或许应该问问韩子煊，他的居室是在哪里？但是我没有勇气问，害怕他的解释，心里痒痒的。我在门前站得太久，脚脖子有点儿发酸。想坐一下的时候，发现另外的这间屋子里有一张床一样大的沙发，绿色的。沙发与房间的灰尘和乱七八糟不相称，非常干净，我迟疑了一下，在沙发上坐下来。这时我才感到惊奇，因为沙发很柔软，坐上去很舒服。我想韩子煊也许是在沙发上睡觉。沙发上有一本书。整个办公室，就这么一本书，我扫了一眼书名，脸立刻热起来。这是一本教授男人在床上如何将爱做到极致的书。我本来不想看，但又无法移开目光。韩子煊感觉到我的目光，走过来，拿起书淡淡地说：“这本书借了很久了，一直忘记还。"他举止言谈是如此平常，我就一下子平静下来。

惠比寿花园广场在车站的东口，韩子煊的办公室在车站的西口，我们是从东口绕了一个圈子到西口的。西口有数不过来的好吃的拉面店，我去过的拉面店几乎就在韩子煊的办公室的楼下。

吃拉面的时候，我一直在想如何处理韩子煊的两间办公室。我想让韩子煊退掉其中的一间，保留一间。扔掉那些铁制的沉重的写字台和坏了的电脑。然后，买来床、电视、冰箱和其他一些日常用品。至于电脑，就买一台笔记本式的。这样的话，办公室和居室兼用，可以省一半的钱，一举两得。

但是，韩子煊说要退掉两间办公室，重新租一处新的公寓。

"为什么？"我问。

"那里是石灰地，不适合住人。"

我说："你可以铺地毯嘛。"

"还有，两间办公室是同时租的，有优惠价格，剩一间的话，不动产的人会提高租金。"

我说："即使提高租金也会比重新租新公寓便宜啊。租新房，光是礼金和押金就是一大笔钱。"

韩子煊皱起眉头说："你把菊名的那间公寓退了，我把两间办公室退了，我们两个人合起来租一间公寓，有厨房、有洗澡间的那种专门住人的公寓。"

我问韩子煊："你是说你要跟我合住吗？"

"对。"

我感到心在颤抖，憋不住地笑起来说："我曾经发誓有了钱就住在惠比寿，想不到今天你给我这样的机会。"

"你发誓是什么时候的事？"

"某一年的夏天的夜晚。"我这样说，然后从钱包里取出积分卡给韩子煊看，"这是那次吃拉面后店员给我的。"

韩子煊说："你看有效期限，早已经过期了。"

我忍不住又笑起来说："积分卡是过期了，但是对住到惠比寿的憧憬是不会过期的。"

韩子煊说："过一会儿买单的时候，店员会给你一张新的积分卡。"

"真没想到，我竟然会再次来这家店吃拉面。"我说。

回过头想韩子煊租的两间屋子，的确没看到厨房，也没看到洗澡间，只有厕所，只能做办公室用。吃完拉面，我和韩子煊跑了几家不动产。有一间三室一厅的公寓，刚好在我喜欢的惠比寿花园广场的附近。负责带我和韩子煊去看房间的人，是一位六十多岁的老太太，她带我们出了不动产的门，向左拐，穿过地标塔、玻璃广场、惠比寿三越以及威斯汀酒店。早上，我跟韩子煊已经从它们面前走过一次了，这是第二次。我看到惠比寿三越大楼的下面，好多人在排队，长蛇般一直排到路口。

我问老太太："那么多人排队，是卖什么东西呢？"

老太太说："不是卖东西，是抽奖。今天是抽奖日。在三越买东西，超过五千元可以抽一次奖，超过一万元可以抽两次奖。三越的奖好得不得了。我认识的一个人，去年中了奖，是去澳大利亚的旅游权。一个星期，包吃包住。自己去澳大利亚旅行一个星期的话，怎么也要花五六十万元呢。"

我告诉老太太，我住在菊名，车站附近偶尔也会搞这种抽奖活动，但是，菊名那里的奖品是方便面、塑料纸包装糖果、积分卡的几点积分，全部的奖品加起来也没有五六十万日元。老太太大声地笑，问我为什么说到钱的时候不说元而说日元。我说我是中国人，说元的时候是指人民币。对于我来说，日元还是外汇。

三室一厅,厅很大,跟厨房连在一起。另外,南向连着厅的一间是榻榻米房间,跟厅一样朝阳,做卧室最合适。北向连着卧室的两个房间,一间是榻榻米,一间是木制地板。老太太建议说,榻榻米的房间可以做衣帽间,地板的房间可以做书房。我和韩子煊离开公寓的时候,老太太说还有几处不错的公寓,也想带着我们去看看。我喜欢这公寓,心里非常希望韩子煊能够明白我的心情,于是故意问他:"你想去看其他的公寓吗?"

韩子煊迟疑了一下,确定这个公寓是我想要的,便对老太太说:"谢谢您的好意,不过不去看了。"

回到不动产,老太太告诉我跟韩子煊,刚才看过的公寓,房租每个月是十九万八千元。如果租的话,提前要交一个月的礼金和两个月的押金,加上当月的房租,在搬家前,一共要交八十万元。我没有想到公寓的租金会这么贵,盯着韩子煊看,想知道他的意思。这时韩子煊开口问我:"我是喜欢这公寓的,你觉得怎么样?"

"我当然也喜欢,但是租金会不会太贵?要不要再想一想?反正现在有地方住,可以再找找便宜的。"

老太太说:"在惠比寿这里,三室一厅的价格,十九万八已经是很便宜的了。"

我对韩子煊说："你可以考虑租小一点的房子，比如两室一厅。"

韩子煊说："可是，我们除了住，还要做办公室用。两室一厅恐怕小了点儿。"

我很为难，犹豫了片刻，坦白地说："可是，按照这个房租来算的话，我至多只能出三分之一。"

韩子煊冲着老太太点了点头。老太太从资料架上拿来契约书。不知道为什么，韩子煊让我在契约书上签约，我摇头，表示我不能签约。韩子煊耸了耸肩，意思是他来签约。所以租房子的名义人是韩子煊。韩子煊签名的时候，我在旁边提醒他："你再好好想一想，十九万八千日元啊，真的不便宜，真的不需要再考虑考虑了吗？"

韩子煊不说话，快速在契约书上写下他的名字。契约书上还有一个保证人签名的栏目。老太太问韩子煊保证人怎么办？韩子煊说他明天就会跟保证人一起到不动产来，由保证人亲自签字，亲自盖章。韩子煊一连说了好几个亲自，这一点，给我留下了深刻的印象。

那天晚上，韩子煊跟我一起回到菊名，陪我去我租的房子的房东家。韩子煊告诉我的房东太太，这个月末，我要退掉这里的公寓，搬到惠比寿去。韩子煊对房东太太说他是我的未婚夫。反正还有两天就要搬走了，我跟房东太太也是一期一会，会永无再见，随便韩子煊怎么说。何况我搬到韩子煊那里，跟他一起住这件事，是事实。事情来得太突然，房东太太一定是很惊讶了，我看到有一丝踌躇划过她的左脸腮，但很快她就对着我和韩子煊微笑了。于是我们相互约好了，搬家的前一天晚上，由房东先生亲自来检查房间，没有问题的话，就把租房时我交的押金退还给我。

晚上，韩子煊问我是否可以留下来不走，我同意了。我们两个人用了两个小时，把一间屋和一个厨房，打扫得干干净净。地板铮亮铮亮，熠熠生辉。韩子煊指了指地板，又指了指煤气台，连声说："多亮啊，简直可以当镜子用。"

我说："谢谢你啊，幸亏有你帮忙，不然不知道要扫到什么时候。"

韩子煊说："谢什么谢啊。我们两个人，都快要在同一个屋檐下生活了，还说这种客气话干什么啊。"

韩子煊说"同一个屋檐"，我就笑了。然后，我无语了。因为"同一个屋檐"令我联想到相依为命。突然间，我觉得地也老了，天也荒了，有一种过于强烈的温暖令我觉得承受不了。

睡觉前，韩子煊得意地告诉我，在北京的那家旅馆，我离开之前，他之所以要摸摸我的屁股，是想知道我的屁股是凉的还是热的。韩子煊说有着凉屁股的女人，在那方面没病。

我问韩子煊："我的屁股是凉的还是热的？"

韩子煊说:"你的屁股是凉的,所以我放心了,知道你没有病。"

其实,有一件事,我本来不喜欢说的,我看人先看人的脚。我喜欢脚长得好看的人。打扫完房间,我和韩子煊都累了,我准备好新的毛巾给他,让他先去洗澡。他脱袜子的时候,我站在旁边看着。我第一次看到韩子煊的赤脚。他的脚让人怜爱得受不了。有一瞬,我觉得他的脚给我的印象是属于婴儿的,比方说洁净感,比方说四四方方的那种踏实感。他从浴室出来的时候,用我为他准备好的毛巾擦掉脚上的水,湿的头发遮住了他的微笑。灯光下他的牙齿更白了。我也洗了澡。然后我爬上床,挨在他的身边。他吻了我,他的嘴唇非常柔软,他的吻也很柔软。他又用在北京那家宾馆时的一模一样的目光来看我了。这一次我微垂着头,他的特异的目光我是用心感觉到的。感觉到的一刹那,我发觉他与我在我内心深处的某一点上相遇了。之后他和我同时伸出了双手,将对方拥抱在怀。

接下去的缠绵激烈而又错乱。每一次呼吸都好像深深地汲了天也汲了地。多少次就好像死去了又醒来。

……雨过河原。满屋子的声音似乎在一刻间静止下来。

枕并枕,我和韩子煊倒在被子上,许久许久无话。我打开电视机,将频道调到五,正上演的是儿时即看过,至今仍记忆犹新的名片《插曲》。非彩色,黑白中我叫不上名字的男女影星正拥抱在一起。虽然是做戏，看起来却和真的一模一样。

我翻了个身，脑子里浮现出的竟是在韩子煊的办公室里看到的那本书。我对他说："你看，银幕上演着的正是银幕下的事。"他再一次地抚摸了我。这一次不仅仅是恍惚，更有冲动。男人和女人，经历了一代又一代，如今是我和韩子煊，我们两个人，也终于走过来了。

事情过后我发觉自己有一点点儿的后悔，一点点儿的呆怔，和一点点儿的亲情。我早已经将羞耻抛到千里万里之外。真的，我用身体，用神经，用情绪，用骨，用呻吟，用气息，用所有可以通过文字来形容的一切，感知到了那一个瞬间。女人有一半的意义，就是为了感知这一瞬间和一刹那而活着的。真理隐藏在我的身体里。我被韩子煊的柔软粉碎了，我觉得他跟我的渴望永远融在一起了。

因为他令我知晓了体验后更加渴望的大海般的快乐，我想对他说声谢谢。韩子煊，谢谢。

第二天，我给公司打电话请了一天的假。韩子煊帮我收拾东西。除了几件衣服，我还挑了几本书和相册，刚好装满一个皮箱。

韩子煊说："剩下的东西这么多，都扔掉吗？"

我说："断、舍、离，能扔掉的都扔。再说了，电视、洗衣机，还有冰箱，本来就是我从电器商店前的粗大垃圾里捡来的。"

韩子煊笑了一下说:"说不定哪一天,你连我也扔掉了。"

我说:"会不会扔你,我也不敢肯定。要看我们两个人的缘分有多长。"

韩子煊问我第一次婚姻维持了多久,我说:"忘了。也许是一年,但是,我们在一个房间生活的时间,只有三个月。"

"这么短。"韩子煊吓了一跳,接着问我,"那个有老婆的男人呢?你跟他好了多久?"

我回答说:"一来日本就好上了,好到你出现为止。"

问一个马上要同居的女人这种事,说明韩子煊是一个很糟糕的男人。我也不想跟韩子煊解释。离婚并不是哪一个人的错。反正,大多数人的人生,都是坎坎坷坷的,充满着污浊的水沟。坎坎坷坷也不失为路。我不相信有那种没有一片乌云,从头到尾都万里晴空的人生。有谁会知道明天的事。管它呢,先走着看。至少我开始向惠比寿出发了。我的钱包里,虽然那张旧的积分卡已经过期了,但是,我又有了一张新的积分卡。失而复得。新的积分卡上已经有了两个红戳。我还会接着去那家拉面店,吃那里的拉面,一碗接着一碗,让红戳盖满积分卡。

明天就要搬家了,韩子煊特地在菊名的车站等我。

看得出韩子煊在检票口等了很久。我一边埋怨韩子煊,说只要在家里等我就行了，一边跟他一起回我的公寓。搬去惠比寿的东西基本上整理好，装在皮箱里了。下车的时候，我在车站的自动贩卖机买了两罐茶，我给了韩子煊一罐，在方桌前的榻榻米上坐下来。韩子煊坐到我的对面。

"这是一张我朋友的公司的支票。"韩子煊从信封里取出一张纸，"上面是八十万日元。"韩子煊把支票递给我，接着说："我朋友借了我八十万日元，因为明天要付押金和礼金，我去找朋友，希望他能够还我钱。但是，我朋友说，如果要现金的话，两个星期以后才能周转到手。我朋友给了我这张支票。支票的换金时间是两个星期以后。"

我看了一眼支票，说："我还是第一次看到支票，根本不懂支票是什么东西。"

韩子煊说："支票就是钱。两个星期后，你拿着这张支票去银行，银行会支付八十万现金给你。银行再用这张支票从我朋友的公司的银行口座上提取八十万。"

听韩子煊解释这张支票，感觉好像是人和银行之间在转圈子，绕来绕去，我理解不了。但是韩子煊不直接说出要我付押金和礼金的事，我觉得他其实也在绕圈子。

我说："你直接说吧。"

"你收好这张支票，两个星期后，随便你去哪一家银行换钱。明天的押金和礼金，你先垫上，算我向你借两个星期的钱。"

说完韩子煊去门口穿鞋，我没有挽留他。韩子煊就径直出了门,他知道我需要时间好好想一想。

房间剩下我一个人,好长时间我不想碰那张放在方桌上的支票。面临作出一个不一般的决定,这个决定要对以后出现的结果负责的话,每一个人都会像我现在这样,心里七上八下的,不安稳。时间一秒钟一秒钟地逝去,时间流成河,我有了被水围困的感觉。我看了一下手表。韩子煊离开我这里已经有五分钟了,我想他现在应该刚刚好走到车站,还没有上车,于是将支票收到钱包里。然后,我抓起手机,打电话给韩子煊。

韩子煊马上就接了。

韩子煊很快回到我的公寓。我不提八十万这个数,他也不提,好像八十万跟我明天要交的押金和礼金的钱没有关系。我问韩子煊,如果十天后,我忘记兑换现金的话,支票会怎么样。韩子煊说支票会作废,现金就拿不到了。我又问韩子煊,如果银行从他的朋友那里提取不到现金的话,他的朋友会怎么样。韩子煊说他朋友的公司就麻烦了。然后韩子煊说:"你去银行提取现金之前,最好跟我说一声,最好能让我跟我的朋友确认一下。"

"不,十天后无论你的朋友如何,我都会去银行提取现金的。"我说得斩钉截铁。

我说的是真的。十天后我去银行提取八十万,重新存到我的储蓄卡里。我不再质疑支票是假的了，但是韩子煊知道我提取了现金以后，看上去心情非常坏，他的脸泛黄，是那种疲倦后的菜色，整个人就像一块洗过后没有熨烫的衬衫，支不起架子来。

今天是月末，是搬家的日子。继上一次韩子煊在我这里过夜后，晚上他一直都住在我这里。昨天晚上，下班后，我跟韩子煊去了车站附近的居酒屋，为了他帮助我打扫卫生，我请他喝酒。我们故意挑吧台那里的位置坐下。韩子煊教了我一种喝酒的方法，就是把绍兴酒加热了，加冰糖进去，然后用一根细细的塑料棍搅拌。我喝了一口温热的绍兴酒，但是咽不下去，就含在嘴里，嘴唇被糖水搞得黏糊糊的。好不容易把绍兴酒吞下去，我便给自己重新叫了一杯扎啤，一口气喝下去一半。

我点了几个下酒菜，里面有秋刀鱼，顾名思义是一种银色的呈刀形的鱼。作为季节性的美味食物的代表，它同初夏的松鱼和冬季的鲫鱼一样，是秋季的代表。我经常在车站的附近看到土制的烧炭小烤炉，迷淳飘拂的烟雾中，被烤着的秋刀鱼在滋滋啦啦的声音中散发着诱人的馨香。秋刀鱼是身边所能看到的最平凡化生活的一种。用盐烤的秋刀鱼，就那么整条地吃，有一种奇妙的乐趣和味道。一般的鱼在烧烤时，事先要将鱼的内脏全部摘洗干净，唯秋刀鱼可以原封不动地烤着吃。因为没有大的烧烤用具，所以到了饭店或居酒屋，看见秋刀鱼整条地端到面前来，仅仅是看，我就已经十分地高兴了。

其实，因为烟太大，也因为日本的房屋，客厅多半与厨房连在一起。渐渐地，在家里烧烤秋刀鱼的情形减少了，与之相对的是生鱼片、腌菜等无烟味的食物。虽然烤秋刀鱼仅仅是一种食物，我却会因少了它而产生出失落的感觉，好像生活中缺少了一种迷离的东西，一种会滋滋啦啦地散发出馨香的东西。真想多看见一些土烤炉的出现，看着人们从它的面前走过去，从神神秘秘的烟雾中穿过来穿过去，带着满身的秋刀鱼的味道。

刚刚烤过的秋刀鱼端到我们面前，热气弥漫，鱼身上的油滋滋啦啦地响着。韩子煊问我知不知道佐藤春夫，我知道他想说佐藤春夫的那首诗，叫《秋刀鱼之歌》，于是吟唱起来："那／秋／风诉说着心事／男人／今天的晚餐／一个人／吃秋刀鱼／沉浸在心事中／秋刀鱼／秋刀鱼／是秋刀鱼的苦涩还是盐的咸／热泪正滴落着流下来／在哪里／从什么时间开始／学着吃秋刀鱼／看那里／百般的风情就存在着。"

韩子煊说你把诗背诵得这么熟，就是喜欢吃秋刀鱼吧。我说喜欢。韩子煊说那么多种类的鱼里面，他最喜欢秋刀鱼。这没什么好奇怪的，我想喜欢吃鱼的人，都会喜欢秋刀鱼。我用筷子夹了一块鱼肉放到嘴里，说："真香。"

韩子煊笑起来，问我："你是说香？"

我说："对，是香。"

韩子煊要我跟他解释一下香是什么感觉，他说鱼又不是花，不是草。我告诉韩子煊这个香的感觉无法解释，只能意会。于是我问韩子煊："你经常去中国，吃过鱼香肉丝这个菜吗？"

韩子煊说："吃过，很辣。"

我说："吃过了还问我香是什么意思。"我接着问："鱼香肉丝里面有鱼吗？"

韩子煊说："没有。"

接下去，我跟韩子煊说了一大堆跟香有关的话。比如我们中国人，看一个人吃饭吃得很好吃的时候，会说这个人吃得很香。诸如此类，无关痛痒。韩子煊不是中国人，所以我觉得跟他说了也是白说。开始的时候，韩子煊不说话，一声不响地听着我说。后来，韩子煊说话了，他说他小的时候，他妈妈用姜和茄子一起翻炒代替螃蟹，真有螃蟹味。我说我妈妈用姜和酱油翻炒鸡蛋，也有螃蟹味。于是，我和韩子煊不约而同地笑起来。我说："全世界，唯有穷是能够真正相通的，穷可以丰富人的想象力。"

韩子煊用手指了指他自己的胸口，又指了指我的胸口说："也许因为我们都穷过，所以我们有许多共同的感受。就说现在吧，我们都喜欢秋刀鱼。"

喜不喜欢秋刀鱼跟一个人的口味有关，跟穷没有关系。至于我，对穷有过太多悲惨的回忆，长大后我最害怕的就是穷。我想，如果韩子煊是穷的，我也许会因为穷这个理由而厌倦他、离开他。韩子煊跟我提了一个建议，说两个人同居后，房费由他来交，我负责衣食和煤气水电费。这个决定，当然是韩子煊的意思，但是，他把这个决定说给我听的时候，轮到我不作声了。韩子煊的负担明显比我的负担大。住菊名的时候，虽然也在衣食上花钱，虽然也交煤气水电费，房费的开销无疑才是最大的。每个月，我的工资就是二十五万日元，如果没有韩子煊，我一辈子都不可能住到惠比寿。我只要回答韩子煊"行"就可以了，但是，话从我口中出来的时候，却是"谢谢"两个字。将八十万日元支票兑换为现金的事，虽然我并没有做错什么，却毫无由来地感到难过和内疚。另一方面，我也感到莫名的不安。

………   写作是因为伤感

实际上,搬到惠比寿的第一个月,有两件令我深感幸福的事。

六日那天,和以往一样,下了班我径直回家。开门后,客厅里没有点灯,窗帘拉着,房间是黑乎乎的一团。我想韩子煊可能正外出不在家。黑暗中,我摸到墙壁上的电灯开关,随着房间一下子亮起来,我看到客厅的沙发前有一大瓶子鲜花。红的、粉的、黄的、绿的,它们是月季、玫瑰和水仙。客厅很大,因为刚搬家不久,除了房东老太太白送的一套沙发,我只买了电视、冰箱和吃饭的桌子。客厅看上去是空空荡荡的。

而一大瓶子鲜花,把客厅的空空荡荡充满了。一个普通的房间看起来像一座花园。交织的鲜花丛中插着一张生日卡片。我打开生日卡。韩子煊在卡上写了一段话: 秋,愿你今后的人生永远如花,芳香鲜艳。生日快乐!韩子煊我放下手提包,恍恍惚惚地坐在地板上,无声地流起泪水。隔壁屋间里传来脚步声,我看见韩子煊微笑着向我走过来。韩子煊虽然大我二十多岁,但是他长了一张娃娃脸,脸上永远挂着一副"凡事都无所谓"的表情。看见我的泪水,韩子煊开心地大笑,接着拍了拍我的头说:"这点小事就把你感动成这个样子,你真是个傻瓜。"

我抽出一张面巾,擤了擤鼻水。我并不是傻瓜。我对韩子煊说:"你记着我的生日,买花送我,对我来说,已经是令我高兴的事。但是你搞得这么浪漫,让我觉得有点儿受不了。"

韩子煊笑着说:"你的人生,才刚刚开始,以后会越来越好。"

这一刻,我在满屋子都弥漫着花香的房间里,心脏差一点儿就停止了跳动。我是一个普通的女人,接近三十岁了。我对韩子煊点点头。这一刻,我觉得我真的拥有了好多东西,除了可以住在憧憬的惠比寿,还拥有了浪漫的男人和美丽的鲜花。

韩子煊说:"另外,我还有一个礼物要送给你。"

我问韩子煊:"什么礼物?"

韩子煊笑着说:"我认识每日新闻社的记者,正好负责亚洲部分,哪天我约他跟你见个面,你不是刚刚出版了一本书吗?可以让他在报纸上帮你宣传一下。"

我问韩子煊:"是真的吗?"

韩子煊看着我的脸说:"别紧张,那个记者是我的好朋友,相信他不至于会拒绝我的请求。"

我高兴得几乎是尖叫起来,甚至忘记了谢谢韩子煊。其实,整个季节我都在想着怎样宣传书的事。这本书对我来说比较特别,是我来日本后出版的第一本日文版书。书里写的几乎都是妈妈的事,充满童年的回忆。我把这本书寄给了妈妈,妈妈在电话里说她看不懂日文,不知道我写的是什么,但是非常高兴。妈妈形容这本书,"是一本印刷和装帧都很精美的书。"

我从小时候就注意到自己有一种痛苦和其他的小孩子不同。我家里有六个孩子,父亲酗酒成性,妈妈总要没完没了地面对各种各样的苦难和困境。我在其他的小说里写过我家里的一些事,我父亲的工资本来就很低,却都用来喝酒抽烟。六个孩子里,二姐、三姐和四姐是上山下乡的知识青年。我妈妈白班晚班地打各种工,赚来的钱依然不够全家的开支。在我童年的记忆里,每次交学费之前,妈妈都要我去邻居家借钱。我在书里说,妈妈之所以选定不满十岁的我去借钱,可能因为人们很难拒绝一位孩子的要求。妈妈这样教我:"你去借钱的时候,你就说我爸22日发工资,22日那天肯定还钱。"我至今都记着这句话,22日也成了我永远都无法忘却的特殊的日子。

知识青年接受贫下中农再教育的时候,因为熬不住种地之苦,二姐一次接一次地从农村偷偷地跑回家里。二姐坐火车回家,回家的时间,正好赶上午饭时间。通常是妈妈和我,以及几个姐妹在吃午饭。二姐不敲门,而是特地绕到后院敲窗玻璃。我家那时住一楼,二姐一敲窗玻璃,妈妈就会看窗,看到二姐,妈妈的手会控制不住抖起来。第二天,妈妈送二姐回农村,妈妈告诉二姐:"城里没有你的户口,没有户口就拿不到口粮。你不在农村待着的话,农村的口粮就悬乎了。这一次回去,你要尽可能待得时间长一点。你懂我说的意思吗?"

二姐一直哭,对妈妈说农村的太阳太毒,太阳地里种水稻,腰痛得受不了。妈妈说:"得忍啊。忍到你抽调回城。你看老三和老四,和你一样苦,但是她们两个就能忍。"二姐没有办法,只好回农村。二姐和妈妈说再见的时候,妈妈一边摆手一边大声地喊:"你要学得省心点儿。"

我还记得那时的二姐,披散着乱发,一脸的泪水,一直愁眉苦脸的。

多少年后,二姐结婚,还有了孩子。二姐的男人喜欢喝酒,喝了酒就骂人、打人。二姐的孩子不肯好好读书,年纪轻轻就比他爸爸还会喝酒,喝了酒后,比他爸爸还会打人。二姐的儿子,不到三十岁就已经打跑了三个老婆。妈妈常常会叹一口很长的气,补充说:"老二这个孩子,从小就不省心。结了婚,有了孩子,还不省心。属她给我添的麻烦多。小孩子从小看到大,老二尿床尿到上中学。她去农村的那几年,我挣的工资,有一半都是花在她的身上。"

我知道,这是伤感,妈妈的伤感。怀念,还有爱,其实不过就是伤感。

这样的例子比比皆是,日子一天天过去,对明天的不安,总是跟在脚后追上来。好长的时间里,我不敢在夜里独自去厕所,怕有一只陌生的手,会把我抓走。而妈妈依旧男人一样从早上工作到深夜。妈妈睡觉前会陪我去厕所,有一次从厕所里出来,我爬上床,准备睡觉,妈妈说:"什么时候你去厕所不再需要我陪了,我就该休息了。"

还有一次,妈妈快活地对我说:"我其实从来没有担心过什么,养你们这六个孩子,感觉像是养一群小猪,只要每天用吃的东西,把眼前的六张肚皮塞饱了就行。"

我觉得妈妈说得对,那时候,我们兄弟姐妹,也只是关心有没有饭吃。

稍微懂一点儿事的时候,有一次,我看到妈妈在厨房偷偷地擦眼泪。我走过去拉着妈妈的手,对妈妈说:"妈妈,长大后,我要把你受的苦都写出来,让全世界都知道你。"

妈妈用手拍了拍我的头,破涕为笑。

后来,已经出版了几本书的我,在一篇文章里这样阐述自己的创作原点:

"妈妈,长大后,我要把你受的苦都写出来,让全世界都知道你。这句话是我的写作的出发点。我和妈妈一起生活了整个童年,妈妈把我们当猪养不是妈妈的错,那个时候的妈妈,只有把我们当成猪养才能把我们养活。有时候,仅仅是为了生存下去,就已经要你用上全部的身心和精力。处境是无法改变的,什么样的处境都一样。我也无法更换另外一个妈妈。妈妈是我一生的背景,一边愁眉苦脸,一边满不在乎。妈妈穿一件藏青色的上衣,留着齐耳的短发,妈妈其实长得十分美丽。我一直以为藏青色是最能表现清洁感的颜色,并酷爱藏青色的衣服。"

多少年后,妈妈到日本探亲,那时妈妈已经七十多岁了,我和妈妈在一个超市里碰到我的一位朋友。朋友来日本前是国内某家电视台的导演,他说我妈妈比我长得好,不单是好看,更主要是大气,好像《红楼梦》大观园里的老太太。

那时,我很想在国内成为一个纯文学的畅销书作家。如果不是因为和大宇离婚,我也许不会出国到日本。离婚手续是我和大宇一起去街道办事处办的。具体的日期我没有记住,但是,我记得是1991年年末的一个午后,冬的阳光温暖地照着街道。我和大宇走进街道办事处的时候,两个女人坐在里边,女人身后的收音机里,毛阿敏正唱着《渴望》,那一段时间里,几乎人人都在唱《渴望》。办完离婚手续,我和大宇走出街道办事处的时候,已经是在播放《在中国大地上》了。那一段时间里，人人也都在唱《在中国大地上》。

到了十字路口，我跟大宇该分手了。我没有说再见，抬起右手对大宇挥了一下，大宇也抬起右手挥了一下，我和大宇各自走去，方向正好相反。拐弯的地方并不太远，拐弯时我不敢回头，我不后悔没有回头。大宇是否回头，对我来说一直是一个谜。以后的岁月里，大宇这个名字和这个街道办事处，我对它们的记忆常常潮水般涌到眼前，它们具有着形状和味道，好像两臂间的投入，两个唇齿间的亲吻。

大宇从家里彻底消失了。趁我不在家的时候，他搬走了协议好给他的洗衣机和电冰箱，不仅如此，大宇还搬走了他的相片和他的衣服。所有与大宇有关的一切都被他搬走了。晚上我回家的时候，共同生活过的房间里，只留下荷兰飞利浦牌的电视机和吸尘器。早上我不小心打碎的镜子，一分两半地被大宇放在我的写字台上。大约有一个星期我足不出户，窗户也不打开，方便面的包装袋散乱在地板上，我整个人深陷在双人床上。家的意义已经消失，家单纯成为房间，不再令我感到安慰。好多东西无法从心里赶出去。真正的离的意义是什么呢？有什么人可以离得干干净净的呢？也许物理学会告诉你，离的另外一个意义正是围困。一个星期后，我照常去上班，出门时我才发现，我的邻居都是参加那次集体婚礼的大宇的同事，尴尬围困着我。我觉得大宇的同事都在以一种古怪的眼神看我，仿佛我是他们经过时碍手碍脚的石头或者树枝。就是从那一天起，我住的地方开始令我觉得痛苦，被围困的痛苦。

就在这时，我经手翻译的一本书的作者，他叫依田明，是日本横滨国立大学的一名教授。他爸爸是日本著名的心理学者依田新。依田明发邀请，希望我能到他所就职的大学留学。当然那时我已经开始写妈妈，正全力完成对妈妈的承诺，所以对去日本留学的事十分犹豫。我东张西望而无法作出决定的时候，凑巧有一个去见冰心的机会。早在读大学的时候，冰心就以她的文字吸引了我，我几乎记住她笔下的每一篇文章。

那是我第二次见冰心。我给了冰心一份报纸，上面发表了我写的散文《初见冰心》。我告诉冰心，我刚刚离婚，有一所日本的大学欢迎我去留学，但是我还在犹豫。

冰心坐在书桌前的椅子上，背后是梁启超书的一副对联，句子是"世事沧桑心事定，胸中海岳梦中飞"。我以为是梁启超本人的诗句，但跟我同去的朋友告诉我，对联的句子来自龚自珍的《己亥杂诗》。我第一次听说这本书的名字，立刻老实地说不知道龚自珍的这本书，朋友说他其实也没有读过这本书。我说冰心的书房给我的感觉很舒服，冰心就告诉我她每天都坐在这里写文章。冰心的女儿也在，不时地望着冰心微笑。过了没多久，朋友说不能打扰太长的时间，冰心需要休息。于是我跟冰心告辞，对冰心说，如果可以的话，我想要冰心先生给我写几个字。冰心马上让她的女儿拿来纸和笔，给我写了一幅字： 小孩子你别走远了，你与我仍旧搀扶。冰心

　　这是冰心自己写的散文里的一句话。冰心在这里引用，想必是让我自己对去不去日本作选择。走而不要走得太远。第三次见冰心的时候，冰心又给我写了几个字，我忘记是什么字了。同去的朋友把他的一个朋友介绍给我，他的朋友是西安人，名字应该叫王建君，刚巧来北京出差。于是我捎带着把王建君也带到冰心的家里。现在想起这件事的时候，我才明白，王建君来北京是他跟我的朋友事先策划好了的。朋友说王建君认识装裱字画的人，装裱得非常好，不用花钱，白裱，而我呢，因为要贪省钱的小便宜，也因为相信了朋友说的话，冰心给我的第二幅字就被王建君带到西安去了。这幅字从此没有回到我的手上。通常的情况下，我差不多不会想起这件事，有机会说冰心的时候，就会不由自主地想起这件事，并且会顺便发发朋友的牢骚。发牢骚的事终于传到朋友的耳朵里，他给我打电话说："我赔你一幅字，所以你不要老是将冰心的字挂在嘴上。"我问赔我的也是冰心的字吗？朋友说冰心的字是拿不到了，但是陕西知名作家贾平凹的字。我知道朋友跟贾平凹的关系很好。过几天，朋友真把贾平凹的字拿来

了，我打开看，一共是八个字："清净无为，虚怀若谷。"这八个字好。二话没说，我收了下来。

我老是爱把走和小路联系起来。我回想起小时候听过的，二姐最喜欢唱的那首俄罗斯民歌："一条小路曲曲弯弯细又长，一直通向迷雾的远方。"二姐去农村插队的时候，正跟住在另外一条街的一个男孩子谈恋爱。二姐偷偷跑回家的时候会去见那个男孩子，每次去都带上我，每次去的路上都会唱这首民歌。有一次我问二姐："那条小路上有鸽子吗？"

二姐问我："为什么要有鸽子？"

和大宇离婚已经过了好久，失落分毫没有减少。对过去的回忆让我觉得我依然爱着大宇。我曾经是驻留在大宇肩头上的一只白鸽。我总是看到白鸽向着远方飞去。

那时我跟汪曾祺和他的夫人也相处得很好。汪曾祺住在北京的蒲黄榆，三居，五十平米左右。我经常领一些称汪曾祺为"汪老"的朋友到汪曾祺家里去。我的朋友都是一批年轻人，有写小说的，有画画的。汪曾祺在给我的书所写的序里说："黑孩以及她的那些文友对我好像还是理解的，我对黑孩和她的文友则只有想要理解的愿望。这种愿望是真诚的。"我跟感谢冰心一样谢了汪曾祺。我好感动。汪曾祺小个头，虽然眼睛炯炯有神，我们在私下却把他称作小老头。汪曾祺说我们好像是理解他的，其实，我们是崇拜他,崇拜小老头,崇拜小老头的文字。我的一位女友说,汪曾祺会玩,会吃;爱美,爱生命。可惜不可能,可能的话真想嫁给他。而汪曾祺也在给他妻子的信里说:"不知怎么,这里的女人都喜欢我。"

犹豫是否要去日本留学的时候,赶上我的第二本书即将出版,我去汪曾祺的家里拜托汪曾祺给我写序。没想到那一次见面成了最后一面。汪曾祺在序言的结尾处说:"再过两三个月,黑孩就要到日本去。接触一下另一种文化,换一个生活环境,是有益的。黑孩,一路平安!"

我知道汪曾祺已经清楚我下决心去日本,他为我的书的封面挑选了一张照片。照片是在北京王府井拍的,我穿了一件长到脚脖子的紫色的风衣,沐浴在夕阳下,皱着眉头,神情忧郁。照片在印刷时被放大,同时做了删除背景的处理,所以一对白色的耳环看上去显得十分耀眼。

因为这张照片,我把书名定为《夕阳又在西逝》。

汪曾祺还送给我七幅字画,其中我最喜欢的一幅是:"燕市长歌酒未消,拂衣已渡海东潮,何时亦有思归意,春雨楼头尺八箫。开到紫藤春去远,黑孩独自在天涯,纸窗木壁平安否,寄我桥边上野花。"

我说了这么多的题外话,就是想证明一点,对我来说,写作的意义是神圣而深大的。成年后,我的头脑比以往清晰了很多,把她的孩子当一群小猪养大的妈妈,绝对是这个世界上最伟大的:妈妈以她自己的方式爱着她的孩子。我一直有成为畅销书作家的梦想,这个梦想就是我对妈妈的承诺。

《每日新闻》是大报,能够接受采访无疑是千载难遇的机会,说不定正如韩子煊所说的,我的美好的人生,就从这篇报道开始。我用了差不多一天的时间来准备这次对话。我把我的想法整理成文字:"作家的想象力在某种特殊的场合会成为局限。打一个比喻,诗歌和小说中,常看到'外边是雨的声音'这样的句子。雨自身没有声音,雨只是下,诗人和作家听到的是雨下的途中打击在房顶、树干的时候的声音,是撞击的声音。诗人和作家想写雨的时候,文学就不知不觉地溜走了。文学不是从雨出发的。文学是从雨给人的内心所唤起的某一种心情出发的。问题在于创作的真实是想象的,而细节是真实的。回忆是另外一个存在,是第二个现在。"

我自己也不知道自己想说明什么,人在受某一种心情牵制的时候,解救的唯一的法宝就是语言,通过字眼来吐露心的声音。

跟记者见面安排在韩子煊搞的一个画展上。周六那天,我一大早就去了位于广尾车站附近的画廊。画是周五晚上我跟韩子煊一起挂到墙壁上的。所有的画都是画朝鲜风景的油画:晨间的薄雾，岩石间潺潺的流水，空荡荡的街市，铺天盖地的树，几乎所有的画的主题都十分单一，看不到背景。不知道韩子煊从哪里搞来这么多的朝鲜画家的油画。不过，我的兴趣已经不在这些油画上。

《每日新闻》的记者和我、韩子煊坐在沙发上，沙发的后面是那幅《空荡荡的街市》。

记者问了我很多问题，问我什么时候来的日本，为什么来日本，最喜欢日本的什么，为什么要写作，为什么主题偏向妈妈，今后有什么新的创作构思。我用了一天时间准备的文学对话根本派不到用场。很快记者感到没话好问，说想看看画，而这时韩子煊突然扯出川端康成。

"她喜欢日本的作家川端康成。"韩子煊指着我说。

我喝了一口茶水，是浓茶，苦涩在嘴里蔓延开，我不断地咽着唾液。但是，已经站起来的记者重新坐下去，惊喜地笑起来，几乎带着亲切地对我说："我也喜欢川端康成。你喜欢川端康成的什么？"

世上有很多巧合的事。韩子煊在这一点上没有撒谎，我真的喜欢川端康成，大学的毕业论文就是研究川端康成的。

我对记者说我喜欢川端康成。我说川端康成的书总是摆在我的枕头边上，摆在我随手可以拿到的地方。就说《雪国》吧，

《雪国》的凉，雪的洁净，雪后的静谧；古都京都的树香，花开的声音伴着潺潺流过的融雪的声音，等等，川端康成的文字构成的不仅仅是画面，还是交响曲，可看可听，悦目悦耳。我说起驹子，《雪国》里驹子的头发虽然又凉又硬，但是胸脯会软软地膨胀出温暖。我说当我感到窗外凄风苦雨的时候，或者一点儿也打不起精神的时候，我就读川端康成。川端康成似中药，可以为我解毒。

记者高兴地说："你说得对，就是你说的这种感觉。你的表现很好。"

我跟记者还说到《伊豆的舞女》，说到《千羽鹤》，说到《睡美人》和《古都》。记者的情绪改变得比较快，虽然谈话中常常会言词尖锐，但表情总是非常温和。关于川端康成的评价，记者说小说充满了死亡的宣泄，即使是写普通的爱情，结果却趋向于虚无。记者这样形容川端康成，说他是一个"踏着葬礼的名人"。

趁着我跟记者说得正高兴，韩子煊插进来，一边看着记者，一边用手指着我，突兀地说："跟她谈文学，会觉得她的文学感觉是这么好。你知道，她在中国已经是一个相当不错的作家，在日本也会是一个有前途的女作家。如果她搞一个亚洲文化交流中心的话，你想会不会成功呢？"

这比任何话题都令我觉得难堪。我闭上嘴，看着记者苦笑。

记者用审视的目光打量我，问我："你觉得你会成功吗？"

我还是第一次听说这个名字，不知道亚洲文化交流中心是怎么回事，一时语塞。我看见韩子煊在记者的身后冲着我点头做手势。花了几秒钟我才明白，亚洲文化交流中心，是韩子煊今后想做的事，于是对记者说："我认为这不是不可能，但是，我需要时间好好考虑一下。"

韩子煊说："没问题，亚洲这么大，一定有许多事情可以做。"

记者说："如果你们成立亚洲文化交流中心，大忙我帮不上，但是写一个新闻报道是没有问题的。"

记者叫大迫，个子不是很高，但是魁梧，白边眼镜并不妨碍他看上去是一个好看的男人。大迫说话的时候，操一口浓重的大阪口音。大迫说如果我跟韩子煊有什么需要他的地方，不要跟他客气，只要能帮忙，一定会尽力。大迫站起身要走，韩子煊咳嗽一声，微笑着跟大迫握手。往外走的时候，韩子煊一边说谢谢，一边递了一罐绿茶给大迫，让他在路上喝。绿茶是我早上刚买的，正式的名字叫新茶。大迫告诉我，关于写我的报道，明天就可以见报。最后，说完"再见"的时候，大迫对我说："我会应援你，你加油吧。"

送大迫的韩子煊回到画廊的时候，我正在收拾使用过的茶杯。韩子煊在沙发上坐下来，闭上眼睛，长长地吐出一口气。韩子煊对我说："大迫是外信部的负责人，以后有事，可以找他帮忙。今天见面的感觉不错，以后可以多利用他。"

我用毛巾擦干净手上的水，绷着下巴问韩子煊："你说的亚洲文化交流中心，是怎么回事？之前可没有听你说过。"

"你不想做点文化方面的事吗？"韩子煊突兀地问我。

"这是两回事。"

韩子煊说："这事你不用担心，你照常上你的班，具体的由我操作。"

稍微过了一会儿，我对韩子煊说："我想知道得具体一点儿，比如从哪里着手？费用从哪里出？能不能赚钱？赔钱的可能性大不大？"

韩子煊吃吃地笑起来说："你问的问题都是累赘。亚洲文化交流中心是法人社团，跟株式会社不同，不需要投资。只要有事可做，自然就可以赚钱。没事可做的话，自然也不会赔钱。你就放下心好了。"

我半信半疑，这时刚好有两位客人进来，韩子煊迎上去，跟他们说话。过了一会儿，两位客人看过画在沙发坐下，我赶紧走上前，问客人是想喝茶还是想喝咖啡。客人说想喝茶。我端着托盘将茶端给客人，无事可做，于是看墙上的画。看到《空空荡荡的街市》时，突然意识到这个名字是我自己随意起的，真的名字用朝鲜语写在画的后边。我看不懂朝鲜语，不知道画的原名是什么。韩子煊还在跟两个客人说话，我听不见他们在说什么，但是，我想韩子煊会尽全力促成这一次交易。也许是因为房间太温暖，茶太浓郁，我开始觉得身子燥热起来。通过开着的画廊的门，有一阵阵凉风吹进来。我想一个人去外面走一走，换一下心情，就悄悄地走出画廊。

关于我的书的报道，第二天就见报了。我接到好多祝贺一类的电话，都是朋友们打来的。

《每日新闻》到底是日本的大报，影响力果然很大。

……… 亚洲文化交流中心是法人社团

虽然画一幅都没有卖掉，只是白白花掉了十几万画廊的租金，韩子煊看上去一点儿都不丧气。办画展前，我曾经问过韩子煊租画廊的钱是从哪里搞来的。韩子煊说是从朋友那里借的，并信心十足地说画一定卖得出去，画卖出去后，立刻就还朋友的钱。

将画搬出画廊的时候，我满脑子里都是失败的滋味。日本人对朝鲜有戒心是明摆着的。我跟韩子煊应该预测到朝鲜的画在日本不会有人买。不过，即便如此，我还是没有想到，我们的这次画展，竟然连一幅画也没有卖出去。

我不想怪罪韩子煊。"吃一堑，长一智。"我说。

韩子煊说："不是朝鲜的画卖不出去，是不到卖的时机。这次画展，也许办得有点急了。"

我摇摇头，不屑地说："不知道你为什么还不死心。"

把画全部搬回家里，需要叫一辆出租车，穿过两条街。还要把画从出租车搬到公寓。因为全部都是油画，很重，而我第一次干这么重的体力活，所以身子从来没有出过这么多的汗。没有卖出画，一分钱都没有赚，回家的路上我一句话都不想说。直到最后的一幅画被搬进房间，韩子煊的快活仍然丝毫不减。我不得不怀疑韩子煊的神经有多么粗壮，莫名其妙地想发脾气。我找机会宣泄："没有卖掉画，你拿什么还你朋友的钱？"

　　韩子煊停下手里正干的事情，皱着眉头问我："你为什么总是担心一些跟你没有关系的事。"

　　我故意轻描淡写地说："你不要以为我在担心钱的事，我只是担心你，好心没有好报。"

　　过了一会儿，韩子煊好像宣布似的说："刚才，我已经给朋友通过电话，把没有卖出画的结果照实说了。朋友说没有关系，用下次画展赚来的钱还也不迟。"

　　"还会有下一次？"我十分惊讶。

　　当我的目光与韩子煊的目光相视，他冷漠地转过头去看着窗外。我觉得这是韩子煊所表示出的某一种轻蔑。韩子煊的态度刺到我的心坎上，我感到一阵痛苦，想发作，但是突然想起了那张八十万日元的支票，觉得自己欠了他，没有资格教训他，于是安静地闭上嘴。

韩子煊从什么地方找来一张很大的床单要我帮忙，我们两个人用床单把画和堆在旁边的我的书全部盖住。画、我的书，还有灰尘，全都看不见了。

我比韩子煊先去客厅，在饭桌前坐下。我又累又饿，想喝点儿什么，想吃点儿什么。韩子煊也来到客厅，不经意地坐在我的对面，我能够感觉到他正在看我。

"你饿了吧？"

我点了点头说："饿了。不过，在吃饭之前我想洗个澡。"

洗完澡，韩子煊还在注视着我，似乎在等我说话，我转身去厨房，假装没有注意到。

"估计你累得没有力气做饭了，不如我们去那家拉面店。"

我一口回绝："不去。两条腿都累直了，走不动了。"

"那么我来做饭吧。做什么好呢？"出乎我的意料，韩子煊坦然接受了我的恶意。

我有点儿失望地说："你还是歇着吧，我做。"

我系上围裙，从储存柜里取出细面。只用了三分钟，面就煮好了。煮面的工夫，我切了一个黄瓜。面用凉水洗过后，我将黄瓜丝铺到细面上。

韩子煊从冰箱里拿出用海带制作的醋，问我："你要醋吗？"

我说："要。"

面很好吃。但吃面的时候，我跟韩子煊自始至终都没有说过一句话。记忆中，这一顿饭的时间感觉是最长的。努力而丝毫不见成果是原因之一，我感到沮丧。

当天晚上，韩子煊有事出去的时候，我接到一个男人的电话。男人说他要直接跟韩子煊说几句话，想约个时间见一下。我说韩子煊不在，刚出门去了。于是男人问我是韩子煊的什么人，是不是韩子煊的妻子。我说不是。接下去，男人问我跟韩子煊有没有婚约。我心里不高兴，对电话里的男人说："我们有见过面吗？这种私人的事，除非有什么理由，我想我不会告诉一个第一次在电话里通话的人。虽然你认识韩子煊，但是，我并不认识你。"

男人在电话的那边说："如果你是韩子煊的妻子，或者是韩子煊的婚约者，那么，有一些话，直接跟你说，也是一样的。"

我想接话的时候，刚好韩子煊从外边回来了。我举着电话机，对韩子煊说："正好，找你的电话。"

韩子煊跑到我身边，从我的手里接过电话，小声地问我："是谁？"

受韩自煊的影响，我也接近气声地告诉韩子煊："不知道，是一个男人。"

韩子煊把电话机贴到耳朵那里，但他立刻大声地说："啊，你说的这件事，我正在抓紧时间办。这样吧，就明天，明天我给你打电话。"

放下电话后,韩子煊问我男人在电话里都说了什么。我说没说什么,问了我几个问题,想知道我有没有跟你结婚或者是订婚。韩子煊对我说:"以后我不在的时候,如果有电话找我,而这个人又是你不认识的人,你就不要跟对方聊下去,你可以让对方留下电话号码和名字,我会打电话给对方。"

《每日新闻》的大迫来电话,说那篇关于亚洲文化交流中心的报道,需要一张当事人的照片,还说最好尽快把照片交给他,越快越好。准备照片前,韩子煊建议我,最好想一想有没有可以一起做事的朋友,他说这个朋友最好也是个女的,最好不是中国人,也不是韩国人。我对韩子煊说:"提到亚洲,基本上就是中国、日本和韩国了。为什么这个人不能是韩国人呢?跟日本人相比的话,韩国人也许更加容易相处。"

我说的也许不完全正确。但是,几年前的一次世界杯足球赛,我去专门观看比赛的体育酒吧,客人中除了中国人,还有韩国人和日本人。那一次的结果是韩国赢了日本。韩国人热烈拍手,我也跟着拍,拍到手痛,心情很爽。好多事情,中国人和韩国人宁愿输给对方,但是绝对不愿意输给日本。中国人心里贴满了南京大屠杀的照片,韩国人的心头上坐着从军慰安妇。

韩子煊说中国有我,韩国和朝鲜有他。韩子煊这样说,我就突然想到了美月。

如果不是在日本，我应该不会认识来自台湾的美月。通常人们会把韩国和朝鲜说成南北，把大陆和台湾说成两岸。日本是我和美月相识的一座桥梁，不过这一次，韩子煊也认为加一个台湾出身的女孩，对即将成立的亚洲文化交流中心来说，意义重大。

我和韩子煊做了一大桌好吃的东西等着美月。我知道美月喜欢吃日本的纳豆，特地买来干豆腐皮，做了好多纳豆包。按照美月出发的时间来算，她应该在半个小时以后到惠比寿，但是我吃了一惊，门视频的呼叫声响过，门视频里我看到好久不见的美月已经站在门前。

美月进门后很夸张地说："惠比寿可不是人住的地方！为了睡一个觉，每个月你要花掉多少房费啊！不过，在惠比寿这种地方能够见到你，我是多么高兴。"美月探头探脑，笑着问我："在哪儿？你的男朋友在哪儿？"

我用手指了指厨房，小声地提醒美月说："他可是懂中文的。"

美月吐了一下舌头。美月喜欢笑，笑起来的时候一对酒窝很好看。美月比我年轻几岁，行动起来坚决，我跟她打招呼，她什么都没问就到惠比寿来了。

我说，"以为你还得等一会儿才到，想不到你这么快就到了。你是直接从家里来的吗？"

美月说:"早知道惠比寿这里人多、车也多的话,我宁愿不开车,坐电车来了。"

晚餐非常快乐。我跟美月天南地北地闲聊。这期间,韩子煊一直系着我的围裙,美月每吃一道不同的菜,他都会客气地问美月:"好吃吗?"

我跟美月说了成立亚洲文化交流中心的事,说我们想找一个合作伙伴。我问美月愿不愿意加入进来,和我们一起做点儿什么。美月还是笑,对我说她很高兴有这种做点儿什么事的机会。我说我还不知道具体要做些什么,但是韩子煊那里,好像有什么不错的想法。

韩子煊去洗手间的时候,美月问我韩子煊是哪里人,是不是日本人。我说韩子煊是韩国人。美月想知道韩子煊做什么工作,我说:"我也不清楚,只知道韩子煊老是去中国,在日本和中国之间跑来跑去的。"

美月惊讶地张大了嘴。但是,美月什么都没说。

吃东西的时候,我一向吃得比别人快。我去厨房冲咖啡,咖啡冲好的时候,美月和韩子煊才吃完饭。美月挨着我坐,咖啡快喝完的时候,三个人开始商量以后的事,一切都进行得很快。

为了报纸配发的照片,我跟美月开始化妆。韩子煊在旁边告诉我们，化妆要化得庄重点儿，因为照片是给大多数人看的，容不得半点轻浮。我读书的时候，对词语相当挑剔，总是要找出词语被赋予的某种意义。庄重是文化的标识之一，严肃稳重、不随便、不轻浮。这个晚上，我突然觉得韩子煊特别可爱，因为流里流气充满了我生活的各个边角，哪怕是打开电脑和手机，朋友们发来的视频，好多段子都是低级趣味，赤裸裸的，有时令我作呕。韩子煊给我和美月拍合影，背景是惠比寿新居的白色墙壁。我把刘海分开，不让刘海遮住眼睛。美月也把她齐肩的头发用发夹固定到头的后部。眼睛是心灵的窗口，我肯定韩子煊的意思也是要我们把刘海分开。

我跟美月并肩站在墙壁前，两个人都穿着西装，韩子煊让我跟美月稍微笑一点儿的时候，我真担心会不会笑得过分而令大多数人觉得不严肃。但是，韩子煊说："很好，就这样，很好。"韩子煊按了快门。我终于放下心来。

之后，我让韩子煊陪美月聊天，我去楼下的便利店冲洗照片。半个小时以后，我回到家里的时候，韩子煊已经在厨房收拾用过的碗碟和筷子了。美月看上去有点儿累，话比刚才少了很多。我想美月大老远开车来，时间又过了这么久，于是就问美月："美月，你大老远来，折腾了大半天，一定很累了吧。"

美月说她不累，可能是吃得太饱了。美月说的是真的，我就是吃得太饱，这时候想在沙发上坐一会儿，三个人一起喝一杯茶，随意地聊聊天。但是，这时候，美月用两只手捂住她的嘴，我看到美月打了一个很长很长的哈欠。我觉得，美月的睡意，是从她的手指尖，一点儿一点儿地传递到她的脚趾。美月告诉我说时间不早了，明天还要上班，得回家了。

"时间过得这么快！"我张开手臂拥抱美月说，"美月，如果我们住得近一点有多好啊。虽然远了一点儿，为了中心的事，我们要经常联系啊。还有，有了合适的项目的话，我们要一起努力啊。"

我还想跟美月再聊几句，就陪着美月一起去停车场。我挎着美月的胳膊，因为日本人同性之间不挎胳膊，所以很多从我们身边经过的人，用眼角偷偷地瞟我们。这使我感到刺激。我开心地对美月说："那些看我们的人，一定是把我们当成同性恋了。"

再走几步就到惠比寿花园广场的时候，我看到不动产的房东老太太从对面走过来。我抽回挎着美月的手。老太太走到我身边的时候，停下来跟我打招呼，告诉我她每天都是这个时候下班，每天都路过这里。

老太太的名字叫吉田，这一带的房子，好多都是通过她的手租出去的。和上次见面一样，吉田穿着那种圆领、格纹、圆点的森林系洋装。不同的是，上一次吉田穿的是蓝色，而今天穿的却是黑色。女人过了五十岁，喜欢被人家称赞为优雅、成熟，但是吉田看上去却是很可爱的。

"搬来有一个多月了,住得习惯吗?"吉田问我。

我说:"很好,谢谢您介绍了这么好的房子。"

吉田看了美月一眼,对我说:"不知道你什么时候有时间,我希望你可以到我家里坐一下。我就住在你们楼上,405那一间。"

我说:"好啊,不怕打扰的话,我一定去坐坐。谢谢您的邀请。"

吉田跟我摆手,说:"那么,我等着你来我家。我年中无休,但每天晚上都在家里。你可以晚上来我家。"

我说:"好。"

吉田说:"那么,再见。"

我说:"再见。晚安。"

美月的车就停在车站附近的停车场。时间已经不早了,周围仍然是人山人海,一片嘈杂。一辆辆车从身边疾驰而去。今夜星光灿烂。

我对美月说:"这里,不夜城似的,每天置身于此,有时会产生一种莫名其妙的混乱的冲动。"

美月却突然问我:"你跟韩子煊,到底是什么关系。同居?还是以结婚为前提?"

我说:"不知道。虽然现在同居,其实认识了没有几天。说真的,我常常会想,如果这里不是惠比寿的话,我也许不会这么快跟一个男人同居。"

美月的目光扫过我的全身，从头到脚。然后美月打开车门，钻进车里。美月关上车门，放下车窗。美月从车窗里探出脑袋，大声地说："这么说，你暂时还不会结婚？"

我点点头，说："应该不会结婚。"

美月说："不要急着结婚是对的。你应该多方面考虑，还要多跟对方相处一段时间。"

我点头说："我明白。谢谢你担心我。"

"那么，你想结婚的时候，能够先跟我打声招呼吗？"

"当然会，"我说，"但是，美月，你怎么说得好像我们从此不再相见似的。"

美月笑了笑说："我这就走了，你要保重你自己。真的，你一定要保重。"

我顺着刚才的来路往家走。路灯明亮，天是蓝的，星星在闪烁。我觉得心满意足。我本来想去惠比寿麦酒纪念馆喝一杯啤酒，但是我径直回家了。我想我得泡一杯清茶，这个夜晚，我想喝茶。

………… 与另外一个人的相遇
会改变现有的人生

关于成立亚洲文化交流中心的报道由《每日新闻》登出来后，一连几天都有人打电话来。白天我在出版社，所以，电话基本上都是韩子煊接的。韩子煊告诉我，打电话来的人，差不多都是女性，询问交流中心是否有她们能够帮忙的事。

不久，韩子煊拜托我帮他一个忙，还说这件事权当交流中心的第一个工作。我问是什么事，韩子煊说我手头上正在编辑的那本书，最好能够以跟交流中心合作的方式出版。书是在和歌山留学的一位中国医师写的，介绍汉方对人体的好处，好比大蒜泡醋、枸杞子浸酒什么的。

我就职的出版社里，除了我是中国人，其他都是日本人。我来出版社之前，出版社从来没有出版过中国出身的人写的书。我就职后，先是策划了中国女作家丛书，然后策划了亚洲女作家丛书。两套书出版后,卖得还算不错。一天,出版社的社长把我叫到他那里,告诉我和歌山大学的教授介绍了一本书,书的作者是中国人。社长说你是中国人,懂中国话,你去大学和作者见面。

于是我去了和歌山。我回来的时候,除了带回了一本书,还带回了一个人。

书的作者叫吕平,女,山东人,在和歌山大学留学三年。

从教授的教研室出来,吕平带我去她住的地方。日本汉字把我们定义为别墅的那种独立的小楼,表现为一户建。吕平住在一户建的一楼。吕平说住在二楼的是她的房东,热心善良,经常会给她很多干梅子。和歌山的干梅子是当地的特产,在日本十分出名。吕平说她的房东洗衣服时会用好多的香精,衣服香得不得了。差不多有一个小时,吕平一直不断地给我讲她的房东的好处。按照事先的安排,我下午必须回东京,分手的时候,吕平对我说:"我们老家都是山东,在国内没缘相见,却在日本的和歌山这种小地方见面,这是我们的缘分。中午我请你吃个饭怎么样?"

我正好饿着肚子,立刻就接受了。我们去了一家拉面店,和歌山的拉面是日本的名物,汤是用猪蹄、酱油炖出来的,面的上面放好多小葱、竹笋和白芝麻。

吃拉面的时候,我问吕平打算什么时候回国。吕平说:"你来得真是时候，刚好我下个星期就要回北京了。我的机票都买好了。"

我问吕平："你什么时候回来呢？"

吕平说："我不回来了。研究生的三年期限到期了，我因为没有找到就职的地方，所以是期满归国。"

我沉默了一会儿。我到吕平住的地方来，我帮她出书，而她跟我是老乡，请我吃拉面。这样的话，我想我跟吕平可以算是朋友了。于是，我问吕平愿不愿意留在日本。吕平说她愿意留在日本，但是她的签证只剩下一个星期，根本不可能有机会了。

我说："如果你肯跟我一起去东京，我保证你可以留在日本。"

看到吕平惊讶的样子，我以为她是不相信我，就赶紧对她解释说："这么说吧，真签证、假就职。我正同居的男朋友，他手里或者他朋友的手里，有株式会社。让某一家会社出一套雇用契约，你拿到入国管理局去办理工作签证，长期的工作签证下来之前，入管局会给你三个月的短期签证。只不过，即使长期的工作签证到手了，因为你是假就职，所以公司不会给你发工资，真正的工作也得你自己找。当然我会帮你找。找到工作之前，你就住我家。"

吕平默默地喝了一口冰水，我和她，两个人有一刻的时间都不说话。我和吕平之间的空气十分安静。一辆卡车从拉面店的门前开过，我感到耳鼓有一阵阵颤动，也许是血液在流动。让吕平留在日本，是我的意思，她需要考虑考虑。好多时候，与另外一个人的相遇会改变现有的人生，吕平正处在这样的处境。

过了一会儿，我对吕平说："不急，你要想好。在我赶去机场之前给出答案就行。无论你作哪一种选择，你都不要后悔。"

吕平立即答道："我知道。"走出拉面店的时候，吕平对我说："我决定了，跟你去东京。反正我的东西已经装好箱了，托运到东京即可。至于回国的机票，浪费了就浪费了。"

跟我一起去东京之前，吕平去跟她的房东告别。吕平跟她的房东解释她为什么突然不回中国的原因，我看见她向房东讲我的事，她大声笑着，喜出望外地说没想到一切都发生得太突然，根本想象不到，简直跟电影差不多。我理解吕平的心情，现实生活里竟然有这种意料不到的事情发生了，这一天是值得纪念的一天，因为这一天充满了神奇，不可思议。吕平的房东看了看我，我微笑着对她点了点头，而这时的我，忽然有点儿不安，实际上，我为什么要管一个刚刚认识的人的闲事呢？我自己都不明白为什么的一个决定，突然之间，令吕平的命运，令她生活的现状，都改变了。

一夜过去了，韩子煊从他的一个叫山下的朋友那里得到承诺，雇佣契约书马上到了吕平手上。第二天，我陪吕平去入管局办理工作签证。入管局里面的人很多，申请资料递上去后，我和吕平就坐在最后一排的椅子上等结果。大约过了有两个小时，一个戴眼镜的男人，终于大声叫了吕平的名字。吕平去窗口的时候，我的心怦怦直跳，不由得两手交叉，于心中暗暗祈祷。递上的资料并没有被退还，戴眼镜的男人让吕平等明信片。我对吕平说："如果结果是不行的话，资料当场会被退回来。资料没有被退回来，说明申请基本上已经成功了。你可以留在东京了。"

吕平一直在笑，走出入管局的时候，吕平对我说："我相信我们前世有缘。"

我觉得这句话已经听好多人说过，已经听过好多遍了。但是，我认识吕平，是我们两个人今世的缘分。前世今世是搞不清的。反正，人与人之间是要有缘分的，缘分很重要。

吕平说不想给我和韩子煊添麻烦，只在我家里住了一个晚上，第二天执意要找房子搬出去。离我家走几步远的地方，有一个六个榻榻米大小的公寓，正好出租。因为没有洗澡间，厕所是公用的，所以只要三万日元。吕平当场签约，当天晚上就搬过去了。一个星期后，韩子煊在家务服务中心为吕平找了一份钟点工，工作是给一个身体不方便的老头收拾房间、做晚饭。吕平在老头家工作了几天后，有一天，老头在跟吕平聊天的时候，说起了他肩膀痛的事。于是，吕平就给老头按摩肩膀，下一次去老头家的时候，又带去了针灸。老头的肩膀被吕平的针灸扎好后，对吕平说："你有这么好的技术，在我这里打扫卫生、做饭，实在是委屈了你。"

老头给吕平介绍了一家私人医院。医院里有整形外科，正好缺一位会按摩和会扎针灸的大夫。吕平只打了几天工就干回本行了。用吕平自己的话说："一步顺，步步顺。运气来了，挡都挡不住。"

我到吕平的小房间去过两次，因为没有衣柜，所以吕平的衣服还原样装在箱子里。有一个煤气灶，吕平可以在家里做饭吃。虽然没有浴室，但公共浴池不远，走五分钟就到了。我曾经要吕平来我家洗澡，但是吕平不肯，每天坚持去公共浴池。

关于韩子煊拜托我的那件事，也就是交流中心想与吕平所写的书搞合作的事，我一直没有好意思跟吕平提起过。今天晚上，吕平到我家来了，她是被韩子煊事先约来的。山下也来了，估计也是被韩子煊事先约来的。跟吕平一样，我也是第一次跟山下见面。为了吕平办签证的事，韩子煊肯定谢过山下了，我跟吕平还是再次表示了我们的谢意。不久，韩子煊说起那件事，问吕平是否同意在我编辑的那本汉方书上，把山下公司的产品也介绍进去。韩子煊说形式很简单，在书的最后加上一页山下公司的介绍，再加几张山下本人和产品的彩色照片。韩子煊对吕平说："书出版后，山下先生会买几百本书。这样的话，你和出版社都是有益无损。出版社不出成本，而你的书的出版也会板上钉钉。"

如果按照韩子煊所说的去实行的话，实际上，吕平的书的出版就变成了赞助出版。换上我的话，我也许不会同意，但是，吕平沉默了一会儿，然后一声不响地望着我。我对吕平说："你自己决定，不要考虑太多。"

吕平说："没有问题，就照韩子煊老师说的办好了。"

我有好久不看吕平，也不表示反对。这种处境下，我知道吕平能够理解，我和她一样，也是别无选择的。

书出版后，山下果然买了几百本，出版社的老板很高兴。我多少有点儿难过，但是，吕平好像不太喜欢提到书的事，我猜想她用自己的书为山下做广告，就把欠韩子煊和山下的人情给还了。吕平来东京的时间虽然不长，但是，我已经看出来了，她是一个不喜欢给人家添麻烦的人。

一个月以后，吕平突然告诉我她要搬家。吕平说新家在医院的附近，但是离惠比寿比较远。我本来想问吕平新家的地址，吕平不说，我也就不问。吕平搬家的时候，我和韩子煊去吕平家帮她收拾东西。我跟韩子煊都大吃一惊，吕平的房间里根本没有东西，原来吕平早已将分量比较重的东西寄到新地址，所以她只是空着两只手，背着肩包跟我和韩子煊说再见。

我执意送吕平到车站。吕平进检票口前对我挥了挥手，说：

"再见。新电话号码定下来后,我会通知你。"

我也挥了挥手,说:"好吧,我等你电话。再见。"

吕平在进检票口前的一瞬间,突然转过身,紧紧地握住我的手,对我说:"谢谢你了。"

我点了点头,一句话也说不出来。

我一直注视着吕平走进检票口,乘坐扶梯,消失在梯口。

我走出车站,站在车站边的一家二十四小时店的门前。我的头顶是一棵大树,前方是惠比寿花园广场,惠比寿花园广场的前边是我和韩子煊所居的公寓。今天的街道上,车辆真多。

轻轻的风吹来,我迈着恍惚的步子回家。有那么一瞬间,我觉得我和吕平,我们应该不会再见了。从和歌山开始,短短的一个月时间,恍若如梦,往事飘散如烟。我不知道吕平是否是我人生中的一个插曲,是否是我住在惠比寿花园广场期间的一个插曲。

有一点是我没有想到的,虽然吕平搬出惠比寿,但是,韩子煊和山下的关系,却一下子火热起来。

自从成立了亚洲文化交流中心,没过多久我就知道,文化交流中心只不过是韩子煊立的一个招牌。唯一的合作伙伴美月,自上一次离开我家,就再也没有联系过我。中心的第一个工作,其实不过是给山下和他的公司做了个广告。成立交流中心的消息登出来后,虽然一段时间内有过不少咨询的电话,但是,现在,几乎一个电话也没有了。

《每日新闻》的报道开始令我感到难受,好像我不仅欺骗了大迫,欺骗了美月,同时还欺骗了好多打过电话来的,不认识的人。

………… 韩子煊是一个自爆炸弹

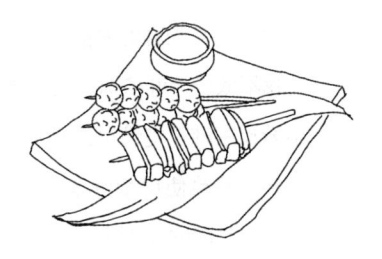

最近的一个月里，韩子煊忙得不得了，他跟山下一起，一连去了几次中国，几乎都不着家。韩子煊只说是跟中医有关，具体的事情并不告诉我。韩子煊来也匆匆，去也匆匆，每次来去，都会给国内某中医大学的南教授打电话。南教授也常常打电话到家里来。因为都是中国人，所以南教授打电话来的时候，如果韩子煊不在家，我和南教授就会通过电话聊一会儿。好像昨天，我告诉南教授我就读的大学也在长春，和南教授所在的大学是同一个城市。南教授问我有多久没有回长春了，我说有十年没有回去过了。南教授问我是否想念长春，我说想念。南教授说："下一次，韩子煊来长春的时候，你跟他一起来，我来接待你们。"

　　我不敢告诉韩子煊我跟南教授在电话里聊天的事。但是，也许南教授跟韩子煊说过，当着我的面，韩子煊再跟南教授通电话的时候，开始使用朝鲜语。于是我猜出南教授是中国的少数民族，应该是朝鲜族人。

开始令我感到难以忍受的是，虽然韩子煊会告诉我他去中国的日子，却不告知我他回日本的日子。韩子煊去中国了，韩子煊回来了。这样持续了几次，我由不习惯到习惯下来，一个人的时候，晚上我就去惠比寿花园广场。望着万分景仰的威斯汀酒店和麦酒纪念馆，我无法移开自己的目光，觉得它们看起来似乎更加明亮，更加鲜艳。我也会一个小时一个小时地坐在钟台，没有目的、没有止境地发呆，好像现实中的一切都与我无关，恍如隔世。

韩子煊从中国回来了，这次去的时间挺长。

早上我醒来的时候，韩子煊已经做好了早饭。面包、煎蛋、火腿肠，还有生菜。红、黄、绿、白，很诱惑食欲。我心里很高兴，但故意不表现出特别的情绪来。刷完牙，我坐下来吃饭，韩子煊在我的对面坐下来说："这一次，说什么都需要你帮我一下。你知道，我和山下去了几次中国，有一个很赚钱的项目，但是，我们的投资不够。"

好长时间以来，韩子煊一本正经跟我谈话的话，肯定就是投资的事。我拒绝给韩子煊投资，已经有过多少次了？不知道，可能是五次吧。我已经厌恶韩子煊在我面前提投资的事。再说，我只是一个普通的编辑，人家问我每个月拿多少工资的时候，我都会回答说是"二十五万"。这个数字，刚好够我维持两个人的生活，当然，如果我肯在吃穿上将就一点的话，每个月也能存下一点儿。

我低着头吃饭,尽力不看韩子煊地说:"又是投资的事。你也知道,我每个月的工资是多少钱。"

韩子煊说:"二十五万。"

我皱起眉头看韩子煊,心想知道了还跟我提投资的事。

韩子煊说:"没错,你的工资不够给我的投资。但是,我要你投资,指的不是你的工资。"

我摇了摇头,被韩子煊的绕口令搞糊涂了。"不指工资的话,那是指什么呢?"

韩子煊说:"我指的是你的稿费。"

我停止咬面包,觉得头痛起来。"你了解中国稿费的行情吗?尤其像我这样的人,根本都称不上作家。就算是一个作家,也不是一个畅销书作家。"

今天早上,韩子煊的脾气一直很好。"你一共出版了两本中文版书,一本是长篇小说,一本是散文集。"韩子煊说,"此外,除了刚出版的日文版散文集,你还出版过六本翻译著作。这些书,合起来的话,有十多本了吧。这十多本书的稿费,我知道你会将它们存起来,没有花。对不对?"

韩子煊对我出版过的书了如指掌,我心里不悦。"对。我存起来了,没有花掉它们。"话从嘴里出来,我立即后悔了。

韩子煊去写字台那里,从抽屉里取出一张纸,一支笔,一个印章。韩子煊说:"我可以写欠条,白纸、黑字、红章,有法律效力。"

我不说话,韩子煊把刚才说的话又重复了一遍。我说:"我可以问一下,你打算要我投资多少钱呢?"

韩子煊说:"越多越好。干脆就一亿吧。"

我以为韩子煊是在开玩笑,但是,看他的表情,要我投资一亿好像说的是真的。韩子煊拿起笔,准备在纸上写借据。我费力地站起来,走到窗边,窗外边的街道很安静。一个女人正在遛一条白色的秋田犬。

"你说要我投资一亿,是在跟我开玩笑吗?"

"我怎么能拿这么大的事情开玩笑呢。我说的是真的。"

我无法描述我的意外程度。关于稿费,韩子煊真的是一无所知。我本来想对韩子煊解释一个方块字值多少钱,但是这样做令我觉得难为情,因为如果我解释了文字与钱的关系,就等于亵渎了我最喜爱的文学。写了这么多年的文章,小心翼翼绕开的就是稿费。我一直无法将写作看成兴趣。对于我来说,写作是我的生命,是我唯一的信仰。如果为了生活而不得不去赚钱的话,我愿意以打工来赚钱,而不是用文学来赚钱。

我从窗边注视着韩子煊说:"对不起,我没有能力帮助你。我没有一亿。对于我来说,一亿是一个庞大的天文数字。"

韩子煊放下手里的笔,深深地呼吸了一下,"你这是在拒绝我,对吗?"

我的胸口隐隐作痛,顺手打开了窗户。新鲜的空气扑进房间。我说:"我手里,如果像你说的,真的有一亿的话,我想我就不需要每天去上班了。我会去世界各种地方旅游。想吃北京烤鸭的时候,可以义无反顾地去池袋。"

韩子煊微微地扬起了眉毛,上下嘴唇挤在一起,下颚僵硬。因为投资的事,我又惹恼韩子煊了。他对我说:"行了,我知道你的意思了,你不必再说下去了。"

之后,我去洗脸的时候,要出门的时候,韩子煊都坐在饭桌前的椅子上不动。饭桌上的那张纸、那支笔、那个印章,不知道什么时候消失了。韩子煊不时地咬着嘴唇,不看我。我十分在乎韩子煊的心情,这使我感到心烦,所以想早一点儿去出版社。我梳洗完毕,拿起手提包,告诉韩子煊有事要办,所以会比平时早一点儿离家。韩子煊只是用他的鼻子哼了一声。我推开大门的时候,觉得大门比以往的任何时候都沉重。今天早晨,令我想起读过的《上海的早晨》。今天的家的大门,令我想起《上海的早晨》里的两扇黑漆大铁门,所以我倒退着往外走。韩子煊站起来了,但是我关大门的时候,看见他又坐回到椅子上。我本想再一次对韩子煊说我走了,但是我只是对他摆了摆手。

生一个人的气的时候,会专想这个人不好的地方。电车上,我一直在想韩子煊的种种恶事。几天前,我跟韩子煊聊天聊到山下,他说山下这个人不错,还举了一个例子。韩子煊上一次跟山下去中国的时候，按照计划，他们本来应该早一天回东京的，但是，因为他们在去机场之前多喝了几杯酒，赶到机场的时候，他们应该乘坐的飞机已经飞走了。飞机票作废，他们只好买了第二天的飞机票。我自己也奇怪，听到这件事的时候，我马上想到的就是钱。我问第二天的机票是不是要花钱买。韩子煊说当然，还补充说是山下刷的信用卡。我问韩子煊："你的机票钱呢？"韩子煊说也是山下刷的信用卡。我说两个人误了班机，却让山下一个人付钱，是不是不太好。韩子煊提醒我，说他们去中国是山下的意思，还说他所做的一切都是为了山下。我不再追问。

凡是韩子煊的事，只要一跟钱沾边儿，我就觉得不安。仔细想想，好多次我都觉得韩子煊在钱上不对劲儿，可我就是不敢问。那个潜隐的威胁是什么，我还没有勇气了解。

一路上，我只顾着想韩子煊的事，电车到神保町的时候，头痛得更加厉害了。我下车，走出车站，好在只用三分钟就到了出版社。去出版社的路上，我觉得天气好得有点儿过分，因为阳光有点儿烤人，阳光照在我的脸上，我的脸颊有一点儿痛。办公室的同事们，这个时候也陆陆续续地到齐了。我比平时早到，同事们觉得新鲜，话题自然转到我身上。得知我和一个韩国男人同居，社长问我住在哪里，我说住惠比寿，社长马上做出惊讶的样子。社长个头高大，肩宽，头发百分之百都是白色的，这使他看上去神清气爽。社长对站在他身边的年轻的女经理说:"惠比寿?真牛啊。惠比寿可不是人住的地方。"

我这是第二次听人说这句话了。第一次是美月。我笑起来,头痛一下子好了很多。我就是喜欢社长的直来直去。当年我为了就职出版社而接受面试,面试人正是社长。我自报姓名后,社长问了我几个问题,不过就是出生地、毕业校和年龄而已。然后社长突然问我:"你想要多少工资?"我说外国人在日本国拿就职签证,工资不得低于 25 万。社长说那就给你 25 万。社长又问我:"你什么时候可以上班?"我说我有点儿犯迷糊,想回国休息一个月。社长说那就下个月正式聘用你。

晚上我回家的时候,没想到韩子煊竟然在惠比寿车站的检票口等着我。韩子煊春风满面,早上的阴郁不知被吹到哪里去了。韩子煊微笑地告诉我,他手头进了一大笔钱,晚上要请我去酒店喝酒,请我吃好吃的东西。其实,搬到惠比寿后,我早就想去玻璃大楼的三十九楼,那里有一家烤鸡肉串的店。在惠比寿花园广场闲逛的时候,有好几次,店里飘出来的袅袅香气,沁入我的五脏六腑,令我垂涎欲滴。所以,我用手指了指惠比寿花园广场上最高的玻璃大楼。大楼高耸云天。我连声说:"去那里。"

韩子煊说:"哪里啊?你手指的是天啊。"

我说:"不是天,是大楼的最高层。我想去的是三十九层,那家烤鸡肉串的店。"

韩子煊说:"这么巧,我刚好也想去那家店。"

"可是,万一那家店贵得吓人的话,我不在乎换一家店。"

韩子煊微微笑了笑,对我说:"你这个傻瓜,钱这个东西,是在天空中咕噜咕噜转着的。只有花出去才会进来更多。没有消费哪有经济的持续啊。"

我说:"这话可是你说的,结账的时候千万不要憎恨我。"

韩子煊说:"当然不会憎恨你,说好了是我请客。"

韩子煊穿了一条米色的水洗布裤,白色的短袖衬衫,露在外边的胳膊看上去十分结实,有隆隆的肌肉。我挎上韩子煊的胳膊。韩子煊对我说:"秋子,今天你想喝什么,想吃什么,随你的便。"

早上我跟韩子煊还互相憎恨,现在我们双双走在街道上,相互搀扶。单独两个人在一起的时候,韩子煊一直称我"秋子"。"秋"是妈妈为我起的名字。我是六个兄弟姐妹中最小的孩子。"秋"意味着结束、终了。继我之后,妈妈说她再也不想要孩子了。

搬到惠比寿,跟韩子煊同居以来,这是韩子煊第一次请我吃饭喝酒。说好了我只负责生活费,但是,惠比寿的物价很高,除了买吃的和用的,再加上水电费,实际上,我的工资已剩不下多少。我总是把剩下来的钱存在银行里,总觉得不一定什么时候会用得上。有时候，我会身不由己地生发一种奇怪的感觉，觉得韩子煊像恐怖分子，身上绑着一颗自爆炸弹，不知道什么时候会自己把自己给炸了。另一个方面，对于我来说，能吃到惠比寿的拉面，能去都立的图书馆读中文版书，其他的都是可以将就的，无所谓的。

惠比寿花园广场仍然是被灯光照得发亮、耀眼。我跟韩子煊穿过喧哗在惠比寿花园广场的一大群人，穿过来自于黄昏的蓝色的空气。阵阵馨香飘过我的鼻尖，唤起我的七情六欲。

电梯到了三十九层，我跟韩子煊走出电梯。我立刻闻到了浓烈的烧烤的香气，闻到了蒸馏过的带着清凉气味的酒的香气。我看见有几个人已经坐在店里喝着酒了。我将韩子煊的胳膊挎得更紧，挺直了身体，笑着对他说："我们必须走得快一点儿，不然看不到夜景。"

走进烤鸡肉串的店门，我立刻指了指窗，对走上前为我跟韩子煊引路的店员说："我们想要那边的窗口的位置。"

店员带我跟韩子煊走到窗前，韩子煊拉出一把椅子，他朝我转过身来，用手指了指椅子，示意我先坐下。我坐下去，韩子煊挨着我坐到旁边的椅子上。点过酒和菜，我们开始看窗外的天空和街道。天空湛蓝，泛着无数的星光，街市楼房的灯光与星光相接，连成银河。街面上的车尾灯像夜空下的魅影，蝶一样地出现再消失，再出现。惠比寿花园广场里的人，小得像一支支铅笔。

我喜欢韩子煊点的所有的菜。烤鸡肉串拼盘,有鸡皮、软骨、翅尖、胗、心、腿肉等,我们不使用筷子,直接从竹签上吃。鱿鱼被热水过一下,切成条蘸酱油吃。韩子煊的盘子里撒了满满一层辣椒末,几乎看不到酱油。韩子煊动不动把他的手放在我的肩膀上或者腰间,日本人不管闲事,所以日本人不看我们,我也不去在乎韩子煊的手。温过的烧酒,香气浓郁……

直到走出烤鸡肉串的店,除了窗外的景色很美,酒好香,菜好吃,我不记得和韩子煊都聊了些什么,我的心情好极了,我的心情是一座花园。

韩子煊说想去花园广场后边的惠比寿公园散散步。我说明天还要上班,已经快午夜了,不想散步。于是我跟韩子煊就直接回家了。

说话说到价格,我感慨地说:"以为在惠比寿的饭店会比较贵,想不到这么便宜。"

韩子煊说:"在日本,归根结底,鸡肉是肉类中最便宜的。"

我开始换衣服,换完衣服后,一个跟头栽到榻榻米上。我伸了伸胳膊和腿,舒服得从喉咙的深处,发出了一声长长的"啊"。我很疲倦,很困,但是很兴奋。时间是午夜,新的一天已经开始了,我不知道为什么不想睡觉。我的身体很热,觉得应该洗个温水澡，洗了澡也许会令我的体温正常下来。

我走到浴室门前的时候，听见韩子煊在叫我。"什么事？"隔着空间，我大声地问韩子煊。

"今天，你喝得好吗？"韩子煊也大声地问。

我回答说："好啊。很开心。谢谢你啊。"

"我现在想喝一杯咖啡，你能陪我一起喝吗？"

"但是，我正要洗澡呢。"

"你可以喝完了咖啡再洗澡嘛。"韩子煊说。

同居有一段时间了，韩子煊知道我晚上不喝咖啡，会失眠。不过，不知道为什么，这个时候，我不愿意拒绝韩子煊的好意，于是我走回客厅，在沙发上坐下。

韩子煊喝了一口咖啡，然后使劲儿地盯着我看。

"你这么看我干什么啊？我的脸上有什么东西吗？"我问。

"很抱歉，你知道，关于投资的事，我问过你很多次了。"韩子煊使劲儿咽下一口唾液，"但是你一直不肯配合我。"韩子煊接着说，"不是我强迫你，现在，我的面前有机会，我自身有能力，就差你来帮我一下。"

一晚上的好心情，一下子就泡汤了。很长的一段时间非常寂静。我喝了一口韩子煊为我准备的咖啡，打破寂静地说："你不用白费力气了。还是那句大实话，我的手里没有一亿。真的没有。"

韩子煊迟疑了一下，伸手抓住我的手说："你听了，千万不要激动。"他停顿了一下，接着说："我今天整理资料，不小心在一个抽屉里，发现了你的护照和你的存折。"

我的心里咯噔了一下。但是我不动声色，沉默地抽出被韩子煊抓住的手。我又喝了一口咖啡。咖啡杯一直被我端在手上。韩子煊补充说："我是无意发现的，所以，我想这也许是一个机会，就把它们收起来了。换句话说，我把你的护照和存折管理起来了。"

我把咖啡杯放到茶几上，从沙发上站起来。我把手伸到韩子煊的鼻子前，一个字一个字，简单地说："请把它们还给我。"

韩子煊笑起来，说："如果你肯把存折里的那部分钱投资给我的话，我现在就把护照和存折还给你。"

我问韩子煊："如果我说不，你会怎么样呢？"

韩子煊说："我就不还给你。"

我不说话，去窗边检查窗户。所有的窗户都关得严严的。

"拜托你，请把我的护照和我的存折还给我。"我走回韩子煊的面前，把手伸到他鼻子的下面。这一次的声音比刚才高出很多。

韩子煊推开我的手，憋着火似的说："你为什么不肯帮助我呢？难道你就眼看着我的人生滑下坡去，眼看着我的生活失去尊严和意义吗？"

"尊严？你跟我谈你的脸？你擅自做出这种事，你缺乏常识。"我几乎脱口而出，"你知道我跟你在一起感到最可怕的是什么吗？是你对我那点可怜的钱的期待。你不是想跟我在一起，你只是操心我的钱。"我感觉我说得过分了，但我的胸中充满了厌倦，觉得是韩子煊逼我说出这样的话。

韩子煊解释说，就因为有常识，他才会告诉我实情，而不是偷偷地藏起我的护照和存折。韩子煊说："你知道，我其实猜得出你的银行暗号，一定是你自己的生日。我如果没有常识的话，就会去银行，将你的存款都取出来。"

韩子煊是在恬不知耻地说他自己比强盗好。我一声不吭地听着。韩子煊的声音从我的耳朵进入内心，慢慢地，刚才喝的酒开始往我的头顶冲，脑子开始发涨。我的脑子里泛滥着一条充满酒精泡沫的河，我沉浸在河床，泡沫里泛着我的面孔。

那时我正好在靠近厨房的一边。我听得见自己心跳的声音。我径直向厨房走去。我挑了一把红色的水果刀，打开刃，握在手里。

我握着水果刀走近韩子煊，把水果刀举在离他的脖子很近的地方，然后一个字一个字地说："拜托你，请把我的护照和我的存折还给我。"

我知道，我的样子，看上去绝对不像是在吓唬人。韩子煊收起脸上的笑容，将两只手举过头顶，对我说："你不要冲动，你最好先放下手里的水果刀。我这就把你的护照和存折还给你。但是，你得跟我去车站，因为我把它们放在车站的存物柜里。"

"哪个车站？"我问。

韩子煊说:"惠比寿。"

我跟韩子煊去惠比寿车站。我发觉,不知从什么时候开始,脑子里那种晕晕乎乎的感觉没有了,十分清醒。总是这么巧,下楼的时候,我又看到了房东老太太吉田,她正好上楼。吉田走得缓慢、沉重,我看得出她的腿脚不是太灵活。握着水果刀的我的右手,此时正放在韩子煊的衣服口袋里,我一度犹豫该不该抽出我的手,但是我没抽。

"您好。"我跟韩子煊,还有吉田,我们相互寒暄。

吉田望着我放在韩子煊衣服口袋里的手,两只眼睛发出明亮的光。"你们出门啊。"吉田问。

韩子煊满面笑容地点着头说:"对。我们出去散散步,随便去广场走一走。"

吉田说:"今天的天气不错,正适合散步。早点儿回来啊。"

"谢谢您。晚安。"我竭力装出笑容说。

吉田往楼上走,我忽然想起她让我去她家里的事,赶紧回过头叫住她,大声地说:"我还记着去您家的事。我会尽早去您家。"

在一楼的台阶处,拐弯的时候,我心虚地再次回头看了一眼吉田。吉田竟然站在二楼的台阶上看着我跟韩子煊。我觉得是我的心理在作怪,吉田看上去心事重重。

我还是第一次在过了午夜出门，夜凉如水，月明星稀。但是，我被惠比寿花园广场的夜景惊呆了。广场通体透明，流光溢彩，人影斑斓。我跟韩子煊穿过如昼的街道，握水果刀的手因为紧张，手心里都是汗水。

我觉得韩子煊类似于疯疯癫癫，有说不清的危险倾向，我不理解他怎么会把我的护照和存折，放到车站的存物柜这种公众场所。我感到有一种冲动，万一出了什么意外，存物柜的护照和存折不翼而飞的话，我也许会杀了韩子煊。我不该这么想，这真可怕。但是，我甚至想到了细节。我将水果刀捅在韩子煊的肚子上。韩子煊满身鲜血。我满手都是红色的鲜血。我的衣服上沾满韩子煊的鲜血。我开始迷迷糊糊的。

我拿水果刀逼韩子煊的时候，他变了脸，现在，他回到原来的脸，对我说："都是我不好。是我把你灌醉的。"

但是我告诉韩子煊，"我刚才喝醉了。现在我十分清醒。"

韩子煊说："我不过试探你一下，权当是一个玩笑。"

我说："护照可不是闹着玩的。在日本，你自己也是外国人，护照对你意味着什么，你应该最清楚。"

我跟韩子煊进了车站，存物柜那里站着几个人。我小声地对韩子煊说我就站在他的身后。韩子煊想说什么，我将左手的食指竖在嘴唇上，意思是让他"闭上嘴巴"。我从韩子煊的衣袋里抽出水果刀和手,放进自己的衣袋。我的手里依旧握着水果刀。我站在韩子煊的身后,寸步不离。

韩子煊从裤袋里掏出钥匙,打开第二排第三个柜子的锁,取出一个茶色的大信封。韩子煊将信封递给我说:"这是你的护照和存折,你打开看看。"

我松开握着水果刀的手,水果刀掉在我的衣袋里,于是我打开信封,先看了看护照,上面是我的照片和我的名字。我又看了看存折,上面是我的名字。我什么话也没说,默默地将护照和存折放回信封。我和韩子煊走出车站,慢慢往家的方向走,外面的人依旧很多,车辆一辆接着一辆地从身边开过。本来我跟韩子煊是一前一后,但他追上来挽起我的胳膊,我推开他。我说:"今天晚上,你不要碰我。"之后,我加快脚步,比韩子煊先回到家里。

我累了。虽然无法想象自己的人生会发生什么事,却从来没有想过自己想要杀人。这时候,我突然感到恐怖,也许是第一次,我想我真的会杀人。

河床上泛着的我的面孔,在我和韩子煊打开房门的时候,一闪而过。

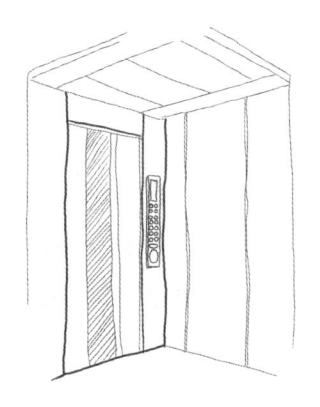

………　韩子煊不仅仅是一个自爆炸弹

为了在银行租一个金库，我请了下午假。其实我租的是那种最小的，盒子一样的抽屉。我把护照和存折放进去。这个抽屉，既花钱又愚蠢，这种情形，正好比喻我在惠比寿与韩子煊一起生活的样子：不得劲儿。我老是把现实和我初来惠比寿时的愿望进行比较，好像我爱上一个男人，被搂抱的时候不得劲儿，被亲吻的时候不得劲儿。感觉不得劲儿，味道不得劲儿。眼睛不舒服，鼻子不舒服。

另一方面，离花园广场几百米远的地方就是惠比寿公园。公园附近的路灯，比花园广场减少了三分之一，略微显得有点儿黑暗。不知从什么时候开始的，我喜欢在这个公园和公园的附近散步。公园的附近是一座座户建的小楼，小楼之间是弯弯曲曲的小路。成排的树像天空里伸展开的绿色的地毯。我喜欢小楼庭院的墙壁上的花和草，喜欢由室内传来的狗的温暖的叫声。我独自漫步、没着没落的时候，很想买一只会叫的狗，并希望自己可以跟那只狗一起老去。

从银行回家的时候,我看到一大堆人聚集在惠比寿三越的门前。我挤到人堆里,老实说,我一下子就兴奋起来了。商店和厂家联合起来,搞了一个新的销售方式,产品是特制拳击沙袋。沙袋有两种,吊在空中的和放在地上的。令我兴奋的是赋予买者的那份特权,买者可以根据自己的喜好来选择沙袋的图案。我想起一个真实的故事,一家营业成绩很好的公司老板,做了几个沙袋放在休息室,沙袋的图案千篇一律,都是老板本人的照片。老板对员工说他知道自己严格,甚至有时候不近人情,所以愿意员工们把沙袋当作他,不喜欢或者憎恨他的员工,可以利用休息时间或者下班的时间打他、踢他,直到解气为止。老板在暗处偷偷窥视员工们的行动,结果呢,老板说他没有想到,竟然真的有那么多的员工打他、踢他。老板说员工们打的、踢的,虽然只是沙袋,不知为什么,却觉得真打在自己身上、踢在自己身上似的,很痛。

特制沙袋并不便宜,但是我一点儿都没有犹豫就订做了一个。我从手机里挑选了一张韩子煊的照片。负责图案的人问我是要全身的还是要半身的,我毫不犹豫地说只要头像。付钱的时候,收钱的小姐告诉我,厂家会将沙袋直接寄送到我家里,但是要花一个星期左右。

护照和存折的事故（我称这一次事为事故）以后，我和韩子煊照旧住在一起，但是水果刀在我们共享的世界里割出了一角狭窄的空间。空间属于我，也属于韩子煊，置身其间的我们是独立的两个人，愿意怎么样就怎么样，互相不干涉。

订制完沙袋，我无事可做便早早回家了。韩子煊不在家。洗衣机旁边的衣筐里攒了一大堆要洗的衣服，我把它们放到洗衣机里，期间注意到韩子煊的几件白色内衣，本来已经发黄了，但是洗了几次以后，越来越白，雪白。我想韩子煊在跟我同居之前，可能都是用手洗衣服的。

洗衣机开始脱水的时候，韩子煊回来了，满脸都是汗，手里托着一块黄色的毛巾。我问韩子煊："你从什么时候开始跑步的呢？我怎么不知道？早知道你会去跑步，我就会等着你回来再转洗衣机了。"

韩子煊说他并没有去跑什么步，外出时刚好碰上四楼的房东太太吉田，吉田告诉他腰和腿都痛得受不了，连办公室都去不了。韩子煊说他觉得吉田已经是老太太了，孤苦伶仃，非常可怜，所以就去老太太的家里，给老太太按摩了腰和腿。

我看了一眼韩子煊手上托着的毛巾，发现是湿透了的，于是神经质地觉得房间里弥漫着一股老年人独有的汗液的味道。想象房东太太的肤屑也许正从毛巾上抖落下来，我感到无比的恶心。

毛巾通常暗示给我某一些特殊的意思，比如亲近或者爱恋。我用食指指了指洗衣机旁边的一只小筐，让韩子煊把毛巾放到小筐里。小筐里面装满了和衣类分开洗的抹布。

我很惊讶。我没有想到，我不在家的时候，韩子煊会那么巧碰上吉田，会去吉田的家里，会给吉田按摩腰腿。有好长的一段时间，我不太想跟韩子煊说话。

韩子煊竭力朝我笑，对我说："老太太告诉我她的腰腿痛，我呢，觉得她身边无儿无女的，怪可怜的。"

照韩子煊的意思，给吉田按摩不过是出于人道上的同情。我说："你喜欢给谁按摩就给谁按，跟我没有关系。"韩子煊还想解释，我生硬地对他说："够了，你能不能不在我的面前提你给老太太按摩的事。我没有兴趣。拜托你，老太太的话到此打住吧。"

韩子煊也生气了，对我说："你这个人怎么这个样子呢？难道就没有同情心吗？"

我冷笑，走到装抹布的小筐那里，用脚踢了一下小筐说："我这个人，就是这个样子的。我就是没有同情心。"

韩子煊默默地望了我一会儿说："随你的便。"说完去客厅，把客厅的门摔得山响。

韩子煊说老太太可怜，我当然也是这么感觉的。但是说到按摩，我觉得是另外一回事。还是那句话：不得劲儿。好像喜欢喝的酒里掺进了水分。我不想看见韩子煊，不想跟他说话，一直到洗衣机"砰砰"地叫，我都在洗衣机前读博·赫拉巴尔的小说《过于喧嚣的孤独》。

韩子煊让我跟他一起去朝鲜。

这是我跟他第二次乘同一架飞机去北京，但一切都是那么的不同。

朝鲜和日本没有外交，所以没有从日本直达朝鲜的飞机。从日本去朝鲜，需要在和朝鲜有外交关系的中国转机。

我很快就明白韩子煊让我同去朝鲜是因为什么了。

提前半个多小时到机场，韩子煊告诉我同行的还有两对日本夫妻。不久我就跟两对夫妻见面了。一对是跟吕平共同出书的山下和他的夫人，另一对是山下介绍来的朋友，名字叫中尾。有一种人，身上有一种可以感知的品质，使他们看上去不同于一般人，好比中尾夫妇。中尾夫妇看上去都有六十岁以上，肤色都很白，都话少，都有礼貌，都亲切。我问韩子煊是否注意到中尾夫妇举手投足都能看出高于一般人的修养，韩子煊说他注意到了。韩子煊还告诉我中尾是某家大公司的会长。

我们一行人住在北京饭店。韩子煊说中尾会长夫妇是第一次到中国，可能会水土不服，所以随便吃东西的话会搞坏肚子。韩子煊告诉我们，在北京的期间，吃、喝，都不得离开北京饭店。

韩子煊还说他带了止泻肚的药，万一觉得肚子不舒服的话，马上跟他打招呼。

去日本留学前，我在北京饭店住过多次，知道北京饭店的价格底线。晚上，吃完饭，去柜台付账的时候，会说中国语的韩子煊要我在旁边做翻译。我明白韩子煊的用心，翻译的时候，用日语复唱，尽可能让中尾夫妇能够听得清楚。

总的来说，一直到登上去朝鲜的飞机，只要有花钱的地方，韩子煊在付账的时候都叫我做翻译。我觉得有趣，因为每次我翻译完了，中尾夫妇就躬着腰对我说谢谢。我会中国语，令他们感到安心。但是，不知道为什么，有好几次，我会不禁地想起惠比寿花园广场的那家烤鸡肉串的酒店，想起韩子煊告诉我他进了一大笔钱的事。

我们在朝鲜停留了四天。

第一天的路线是从妙香山到普渡寺，再到国际友谊馆，到万景台，到少年宫，到平壤主体思想塔，最后到劳动党纪念塔。

第二天的路线是板门店到高丽博物馆，再到地铁，到友谊塔，最后到凯旋门。

第三天我们去了金日成广场和金刚山。

朝鲜国民的胸前都带着金日成像章。虽然自始至终有两个翻译陪着我们，但是，基本上是韩子煊做我们的导游。在少年宫，韩子煊用手指着那些戴着红领巾的孩子们，说他们是朝鲜未来的艺术家。韩子煊说话的神情看上去确信不疑，仿佛他已经看到那些孩子的遥远的未来。我突然意识到，韩子煊不是第一次到朝鲜来。

在劳动党纪念塔的下面，我发现朝鲜的党徽上有多出的毛笔图案，我问韩子煊有没有注意到这一点。韩子煊说他知道，并解释说这支毛笔意味着朝鲜对知识的尊重。韩子煊说没有任何国家比朝鲜更加尊重知识分子。韩子煊说得慷慨激昂，我觉得他已经把自己当成朝鲜人民共和国的一员了。

韩子煊总是窃窃私语地跟两个导游交谈，三个人用的是朝鲜语，所以我不知道他们交谈的是什么。第一次跟韩子煊在北京滞留的时候，韩子煊摆谱、张扬。眼前的韩子煊温和、平易。韩子煊现在的面容，是兄弟间才会浮现的一张面容。我有一种感觉，朝鲜更像韩子煊的家园，他好像在这里生活了很久，熟知这里的一切。是的，到了朝鲜以后，韩子煊看上去比以往任何时候都显得从容。

韩子煊时不时地给两个导游小费，这种行为，也让我不由得想起哥哥和姐姐给我零花钱的情景。两个导游对待我，明显比对待山下夫妇和中尾夫妇要亲近很多。我不会朝鲜语，两个导游用日本语，跟我聊一些不痛不痒的事，还会跟我开玩笑，他们自称是韩子煊的兄弟，说我是他们的姐妹。因为两个导游说他们没有去过日本，我就不时地对他们吹嘘一些日本的事。同时，我有一种不可思议的感觉。身为不同国家的两个人，却用第三国的语言做交流，并且如此愉快。

几天下来，我对朝鲜的整体印象是机场太小，只有两个候机厅。

还有，妙香山的空气十分新鲜。

还有，地铁又深又陡。

还有，去金刚山的时候，我和山下的夫人一路喝着山泉水爬上山顶，刚刚感叹过山也清水也秀，忽然发现山泉的水头直通一个厕所，于是中尾会长说："我一直劝你们不要喝山泉水，你们不听。你们听我的话，不喝就对了。"

板门店正式的名称叫南北共同警备区，其实是三八线上的一个小村子。也有人叫它非军事地区、非武装地带。南北两国的警备兵，各自站在自己的区域，脸对脸，互相对视，两个人之间是岩石般的寂静。早就听说板门店的这个绝景了，身临其境，我承认，我的内心生出了一种莫名其妙的紧张。也许，这里是世界上唯一的一条，无法用一条河、一堵墙来形容的边界线。概念上的边界线崩溃了。主权的保护被用形象主张出来。在警备兵的脸上，我分明看到了他们各自的决心和勇气。我们被禁止穿过分隔两个警备兵之间的那一条线。我的脑子里蹦出那个成语——咫尺天涯。我想起年少时读过的那本著名的书——《战争与和平》。

这个时候，我想知道韩子煊的心境是什么样的，放眼望去，他正在几步远的地方，跟一个穿军装的男人说话。韩子煊指手画脚，男人的脸晒得黑黑的，不断地点着头。男人对韩子煊敬过礼后走掉了。韩子煊微笑着走到我们这边，告诉我们可以去另一条边界线看看。到了那里，我打开随身携带的摄像机，拍出来的，不过就是圈套圈的铁丝网。铁丝网稍微前面一点的地方，有几台望远镜。扩音机放送着听不懂的朝鲜歌声。因为四周无遮无挡，歌声波浪般冲向高处远处，永不回头。韩子煊和两个导游坐在地上交谈，我、山下夫妇和中尾夫妇通过望远镜看对面的韩国。从望远镜里看到的，是一片炫目的碧绿，一座座金黄色的小楼。

多少年后，我从韩国去板门店，于是，我知道了我现在所看到的一座座金黄色的小楼，原来是韩国的大成洞村。设置在都罗的用来眺望朝鲜的展望台前，被世界各个国家的人充满，人声鼎沸。从望远镜里能够看到的，最清晰的地方，正是我此时此刻站着的地方：一片模模糊糊的、神秘的、光秃秃的山坡。

在韩国，我从望远镜里看朝鲜的时候，身在朝鲜的四个日日夜夜，突然间就被回忆起来了。我回忆得越多，原本不在乎，或者忘记的东西，却是一个一个地多出来。它们像一个个碎片似的，一旦被拼到一起，便成为完整的拼图。于是我发现了，原来朝鲜是一个去几天却可以感叹一辈子的地方。

可惜韩子煊不能像我一样，从韩国，从另一个角度看板门店。

回过头说第一天，我们一行六个人被安排在宾馆里。我忘记宾馆的名字了，只知道是外国人专宿。我们住在三层，房间号也被我忘记了。我记得房间很干净，而且规矩。有两张单人床、写字台、电视、卫生间、洗澡间。可以说应有尽有。窗外的风景一目了然，大同江雄伟壮观，主体思想塔高耸独立。

到了吃饭的时间，韩子煊领着我们去餐厅，我走在最后边。我们需要走过一段长廊，还要乘电梯。一行人到电梯前，我看到韩子煊抢先按住电梯的电钮，示意大家先上。我站在山下夫人的后边，正想跟着她进电梯的时候，想不到韩子煊抢在我的前面，先一步跨进去了。我用了好几秒钟控制心里的不快，待我迈步的时候，这么巧电梯夹住了我的身体。我还来不及喊痛，手指已经有一丝血迹渗了出来。不关山下夫人的事，山下夫人却在旁边不断地弯腰道歉。中尾夫人也看见血迹了,所以她急忙到我的身边,从衣服口袋里拿出一个创可贴。她一边给我贴创口,一边说:"如果你在几个小时后感到哪里不舒服,请马上去医院。如果需要治疗,我们就放弃游玩。"我让她放心,告诉她我打过破伤风的预防针。这时候,韩子煊正好站在我的旁边,不说话,也不帮忙,好像我跟他一点儿关系都没有。

吃饭的时间里,我一直都没有说话,觉得非常沮丧。明明一大桌好吃的饭菜,但我的食欲,被韩子煊全部破坏掉了。不知道其他女人是否跟我相同,跟男人在床上的时候怎么都行,下了床便是另外的一个世界。床上的世界和床下的世界不存在丝毫联系。女人愿意男人尊重她,也许可以说是女人与男人间的芥蒂,不好强求。

晚上,回到自己房间的时候,我问韩子煊:"你究竟把我看成什么呢?"

韩子煊当然明白我指的是什么,但他不说话,好像不需要对我解释什么。我气呼呼地坐到沙发上的时候,韩子煊突然对我说:"表面上,你是我的女人。"

我说:"既然你要这样说,我对你感到更加失望。因为你是一个不懂得给自己女人面子的男人。所以,你其实只是一个混蛋而已。"

韩子煊埋怨我耍小性子,在乎这种鸡毛蒜皮的小事。于是我对他说："你住嘴，再不住嘴我真的甩手回日本。我现在真的很想教训教训你。"

韩子煊犹豫了一下，或许我的脸色太不好看，他东张西望了一阵子，住了嘴。我自己也很惊异，为什么会生这么大的气呢？心里面为什么会这么难过呢？

其实，我18岁的时候，爸爸在后院的仓库里自杀了。那时候还没有忧郁症这个病名，所以我不知道爸爸其实是死于忧郁症。症状就是莫名其妙地难受，甚至会想到死。大概是遗传，我19岁的时候也得了忧郁症。发病的时候，哪怕一点点儿的小事都会流泪，越哭越伤心，伤心透顶的时候觉得自己像茧，内里一片无限的黑暗，就是难受，难受极了就想死。但总是没死。因为去公园走走的时候，蓝的天，白的云，绿色的树叶，水池里的金鱼，阳光灿烂，我自己也说不明白，这时的我为什么会化茧为蝶，一下子飞出内里的那片黑暗。我总是觉得我身体里有另外的一个人，她与我的距离好像白天与黑夜的距离。而我知道，在这个地球上，白天与黑夜是同时存在的，打一个比喻，好像日本是白天的时候，美国却是黑夜。黑暗从我的感觉里退出之后，明快会覆盖我，然后黑暗会再一次地覆盖我。这种反复好像会永远延续下去。我身体里的这种白天与黑夜的关系，外人根本看不出来，它好像是我同体的一个秘密，又好像是见不得阳光的一个思绪。好像我责备韩子煊的时候，正是我犯病的时候，正是我在咸咸的手帕里，偷偷地哭了好长时间之后。

哭过了，责备过韩子煊了，我的难过无疑是减轻了，但是觉得累，好像那种眩晕般的累。我恳切地对韩子煊说："你可以不尊重我，但是你应该懂一点儿礼仪。"韩子煊问我，所谓的礼仪是不是什么"女士优先"那类的老套话，我觉得他简直无法理喻，也无法理解我，于是回答说："问题的根本，在于你是怎么想的。算了，我们不要继续纠结这件事了，太无聊了。我已经不想在意了，你再说下去的话，事情又要纠缠起来，会没完没了的。"

虽然我这么说，我还是期待韩子煊会对我说一句"对不起"之类的话。但是韩子煊始终都没有说。我本来以为坏掉的心情是一时的，来了，过不久就会走开。我还以为只要到了第二天早上，我就会把手指的疼痛忘得一干二净。但是，到了睡觉的时间，我竟身不由己地抱着自己的一套被子去隔壁房间的沙发。我对韩子煊解释说："今天，我暂时没有心情跟你同睡一个房间。不然的话，我会无法原谅我自己。至于你自己，请自便吧。"

韩子煊走到我身边，低声地说："别闹了。算我求你了。再说是两个单人床。"

我坐在沙发上不动，四壁的墙壁很白，整个楼层十分寂静。我发现韩子煊已经洗过澡，换上了睡衣。我对他说："虽然有两张床，但是屋檐是同一个。"

沉默了一会儿，韩子煊对我说："这样吧，我给柜台打电话，问问能不能加一间房。"

我不看韩子煊，闭上眼睛说："你不用费事了。沙发挺舒服的。再说，我也不想浪费你的钱。"

韩子煊向电话机走去，拿起电话，拨号前突然对我说："钱不用你费心。"因为我不明白他说的这句话的意思，于是睁开了眼睛。我看到韩子煊正朝着我摇晃他右手的食指，他对我说："这一次，我想花多少钱，就可以花多少钱。"

韩子煊在电话机旁，而电话机在电灯的下面。韩子煊用摇晃过的食指指着天井。手指是笔直的。整个房间里，我能看到的，就是韩子煊的笔直的食指。韩子煊说："你不是喜欢读什么哲学吗？但是我告诉你，罪恶之源正是信赖。"

这时候，韩子煊拨通了柜台的电话，然后顺利地开了一个房间。韩子煊说他要去新订的房间睡觉，我就谢了他。出门前，他在我眼前默默地站了一会儿，然后告诉我明天一大早他会回到这个房间，跟我一起去餐厅。我答应了他。他嘱咐我说："明天，跟中尾夫妇和山下夫妇见面后，千万不要提另外开了房间的事。"

我趁机问韩子煊："你促成这一次旅游，收了中尾夫妇和山下夫妇很多钱吗？"

韩子煊不说是也不说不是。他再一次走回我的身边，弯下腰，轻轻地将嘴贴到我的耳边，对我说："你好好想一想，如果没有我帮忙，他们怎么来得了朝鲜呢？这是他们绝对办不到的事。"然后,他直起腰来说:"亲爱的。"在这种时候,他竟然这么亲热地称呼我,他接着说:"再说了,对于中尾会长来说,这些钱,不过是牛身上的一根毛而已。我拔了它,会长既不会痛,也不会痒。"

我又问韩子煊:"那次,我们去喝酒,就是惠比寿花园广场的那家烤鸡肉串的店,那天所花的钱,是中尾会长和山下的钱吗?"

韩子煊露出雪白而又整齐的牙齿笑了。看到我的样子,他感到奇怪似的说:"你问这么多干什么,那次你跟我,我们不是喝得非常开心吗?"

就凭这个回答,我已经知道事实的真相了。不能用"麻木不仁"来形容韩子煊,毫无疑问,应该用"厚颜无耻"来形容。也许"厚颜无耻"也还不够。

我问韩子煊:"为什么你从来不考虑结果呢?对事如此,对人也如此。"

韩子煊注视着我,神情奇特地说:"跟钱有关的机会,失不可得。"

我觉得跟韩子煊已经无话好说了。我觉得他很无赖,但是我不知道应该怎样跟他说明他的无赖。想摆脱一个人的时候,最好是找借口走开。这时候,我突然改变了主意,告诉韩子煊我想住到新开的房间。韩子煊说好。于是我假装感谢地说:"今天到此为止。晚安。"然后,我气呼呼地去新开的房间,一下子扑到床上。

　　我缓过神来的时候，夜已经深了。只有我一个人，摆脱掉韩子煊以及他的气息，一种近似痛苦的大面积的疲惫包裹了我。我想起这之前我已经觉得很累，于是意识到疲惫已经浸到胸口，上升到大脑。是的，我觉得头昏脑涨。我相信，这个时候的我，有点儿犯忧郁了。韩子煊教会我厌恶。厌恶他，厌恶我自身。我跟韩子煊在一起，用他骗来的钱在朝鲜旅游。在韩子煊的灵魂里，我看到了属于我的那一部分。我想把属于我的那一部分从韩子煊那里切除掉。因此，我正在用五官，用身体感受那种死了算了的难受。如果死是对生命的亵渎，我愿意赎回我跟韩子煊的灵魂。

　　在不在同一个房间里睡觉，结果其实是一样的。可以肯定一点，我希望的是，韩子煊至少不要欺骗那些信任他、爱他的人。现在的情形是，虽然在朝鲜旅游很快活，我的心里分明有对韩子煊的爱，但是没有用，我会身不由己地看到很多地方，上面下面左面右面，以及侧面。我总是能够发现一些让我感到害怕的东西。不安一直都在，在看似正常事物之间的空隙里面，一直在那里，在静静地等待着。很明显，韩子煊不仅仅是一颗自爆炸弹，一不小心的话，连在他身边的我，还有那些相信他的人，也会被炸了。

　　虽然喝了咖啡会睡不着觉，但为了明天不让中尾夫妇和山下夫妇失望，我毅然去柜台买了一罐咖啡。

过了不久，内心的黑暗和难受一扫而空，我甚至觉得神清气爽起来。正值夏夜，从窗玻璃望出去，繁星闪烁，照亮了大同江。如果允许的话，我决定去旅馆的附近随便走走。出门之前，我对着镜子照了照自己。在试图打起精神的时候，我看上去挺平静的。

路过韩子煊的房间时，我差一点儿就敲门约他跟我一起散步了。好在我马上想起来了，今天晚上，是我自己决定的，不要跟韩子煊在一起。

………　吉田请我吃高级寿司

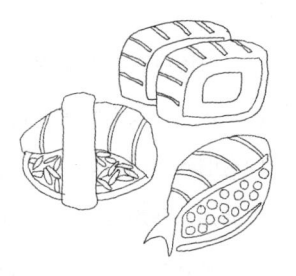

房东太太吉田邀请我到她家的事，几乎被我忘记的时候，有一天，我跟她，又在楼梯口那里碰上了。打过招呼，吉田提醒我，说我跟韩子煊在惠比寿已经住了半年了。一天接着一天，时间过得真快。韩子煊和山下，又去中国见南教授了。吉田刚刚从不动产回家，问我是否愿意跟她一起吃个晚饭。吉田说反正回家也是一个人，也得做饭吃，干脆她请客，一起去哪里吃饭。吉田还说附近有一家寿司店，寿司很新鲜，她是店里的常客。我也一个人在家，正好懒得做饭，虽然有所犹豫，还是跟吉田去寿司店了。

寿司还没有端上来的时候，吉田问我什么时候跟韩子煊结的婚，我说我们没有结婚，目前不过是同居关系。于是吉田问我打算什么时候跟韩子煊结婚，我说我自己也不知道，如果一定要我回答的话，我想我大概不会嫁给他。

吉田很惊讶，问我："既然不结婚，那你为什么还要跟他住在一起呢?"

"为什么?是啊,为什么呢?"我一边说,一边歪着脑袋想。

这时候,寿司店的老板娘把寿司端上来,我借机住了嘴。吉田让我吃寿司。我无语地吃了两个寿司。在我的感觉里,有些事情其实就是水到渠成。刚好我一直想住到惠比寿。刚好和维翔闹别扭。刚好认识了韩子煊。刚好韩子煊住在惠比寿。一连串的巧合好像命运对我的操纵。有几次我也想过,如果住在惠比寿的男人不是韩子煊,是其他另外的一个男人,那么,我会不会也搬到惠比寿呢?我的答案是当然也会。有时候,我会觉得,我的内心深处困着好多无着无落的东西。某一刻,这个东西是一条狗,黑色的狗,突然蹿出来咬我的心,于是我心痛,忧郁低沉,甚至想通过自杀来停止痛苦。某一刻,这个东西是一个声音,冷不防地在潜意识里召唤我一下,于是我心情亢奋,做出自己也意想不到的事情。几年前的那个夏日,我站在惠比寿花园广场,暮色中,我听到这个声音对我的召唤。在啤酒的神奇的光辉之下,那一天,我的心里产生了一种莫名其妙的幸福感,幸福得瘫痪了一般。我对我自己说,如果将来发了大财,首先把家搬到惠比寿来。

吉田说她请我吃饭其实是有话要跟我说。说真的,我跟吉田到寿司店,其实是想一举两得。不仅不用做晚饭了,同时,也不用特地找时间去吉田家了。韩子煊给吉田按摩后拖着毛巾的样子，好像长着两条腿的那一条黑狗，动不动跑到我眼前。我正襟危坐，笑着告诉吉田有话就说，还开玩笑地说："只要不是坏话就行。"

吉田说她感到非常抱歉，因为她要说的话，正是我不想听的坏话。我的表情严肃起来。吉田放下手中的筷子，也用严肃的表情看着我。吉田的脸是正四方形，在她戴着的眼镜的厚厚的玻璃片后，我能看出一丝为难和矛盾。我的心脏开始急切地跳动起来，我知道那条黑色的狗突然又蹿出来，正在咬我的心脏。我开始后悔，刚才不应该答应吉田，不应该吃这顿寿司。

吉田心平气和地告诉我，虽然半年已经过去了，除了最早支付的八十万，韩子煊再也没有付过一分钱的房钱。看到我惊讶和尴尬的样子，吉田说："我就估计你不知道这件事，所以想问清楚。"

我怎么会这么迟钝，竟然一点儿都没有察觉到这件事。我的迟钝，比韩子煊没有付房费更加令我沮丧。吉田笑嘻嘻地把一盘寿司移到我的近处，叫我吃。我已经失去了胃口，对吉田说："对不起，我根本没有想到会这样，没想到韩子煊不付房费还住了这么久。"

吉田问我想不想喝点儿酒，不等我的回答，她已经招呼老板娘，追加了两杯啤酒。寿司店的老板娘很快把啤酒端来，吉田像品滋味似的，慢慢儿地喝了一口。然后突然问我："韩子煊这个人，他到底是有钱还是没有钱呢？他看上去忙得不得了，三天两头去中国。每次我跟他提房费的事，他都说从中国回来就会有钱，还说有了钱就会付房费，结果呢，到现在为止，仍然是一次房费都没有付。"

我说不出话来。我觉得时间静止并凝固了。自己身上的一秒钟过于漫长，好像没完没了似的。我真想藏身到那条黑狗在我的心脏上咬出来的黑洞里。我费了半天力气，终于明白了什么才是令我如此痛苦的起因。我一向把盗窃看成所有罪恶的原型，认为盗窃偷走的，是公平的权利，所以也是令人无法原谅的。我做梦都没有想到，半年来，我跟韩子煊，竟然会白白地住在惠比寿的公寓。我认为，这跟抢房东太太的钱没有什么区别。我跟韩子煊，跟所谓的强盗没有什么区别。

"对不起。"我深深地垂下头，能表示心情的话只有这一句了。

吉田说："你不用道歉。我找你说这件事，是想了解你是否知道这件事。如果这件事与你无关的话，你应该明白身处的状况是什么样子。"我谢了吉田，吉田又接着说："现在知道了，你跟我一样，也是受害者。我不是来找你要钱的。"我觉得我又要感谢吉田了，吉田却举起酒杯对我说："我们干杯。"

想不到吉田对我如此大度，真是个好人。吉田带着亲切的表情对我说："结婚，对一个女人来说，是一件很大的事。我要是你的话,就不会跟他同居。"说到这里,吉田突然顿住,咽了口唾液,"啊,对了,你跟韩子煊同居,是因为你不了解真实情况。"吉田的表情里现出一丝不易察觉的愤怒,"开不动产这么多年,见识过不少韩子煊这样的人,不交房费却心安理得地白住着房子,实际就是个小偷。"

我点头说:"您说得对,说小偷都便宜他了,简直就是个强盗。"

吉田说:"我看得清清楚楚,韩子煊一直都在欺骗我,开始我还会相信他说的话,现在他说什么我都不会相信他了。所以,几天前,我给韩子煊租房子时的保证人打电话了。但是,保证人说他跟韩子煊已经好久没有联系了,帮不上忙。"

吉田说韩子煊的事说了很久,我自觉没有面目插话,不断地喝啤酒,一杯酒很快就被我喝光了。我的脸颊开始发烫。使我难以忍受的是我自己,我对那个"赤身裸体"的"小偷",居然还有特殊的感情。听了吉田告诉我的事实,我竟然想给韩子煊打电话,还想在电话里狠狠地骂他一顿,还想让他马上过来跟吉田道歉,还想他能够拿出钱来付房费。我想了很多,想得头都发晕了。

吉田说:"半年下来,韩子煊欠下来的房费已经是一百多万。不知道韩子煊是怎么想的。对我来说,没有比这种状况更令人烦恼的了。"

"强迫韩子煊搬出去。"我说。

吉田说："你不懂，强迫韩子煊搬走，只有一个办法，就是打官司。韩子煊本人不搬走的话，我只能举手投降。日本法律不允许不经过住民的同意擅自换锁，这样做，叫侵犯人权。"

我说："那就打官司。明摆着韩子煊会输嘛。"

吉田咳嗽了一下说："我赢了有什么用？只要韩子煊不说他不还钱，只要他有还钱的意思，只要他说他没有钱但是他愿意每月还一千元的话，法律拿他也是没有办法的。法律不在乎韩子煊还不还钱，能不能还上钱。法律只在乎韩子煊有没有还钱的意思。还有，从上诉到裁判，你知道要花很多的时间、精力和钱，而我已经是个老人，我的身体是这个样子。"吉田指了指她的腿，又重复地说了一遍："我的身体是这个样子。特别是我的膝盖，动不动就痛。"

我说："你联系过保证人，应该知道保证人在哪儿。我知道韩子煊这个人，他在外边很在乎面子，你可以让保证人催促他一下，也许管用。"

说到这里，我忽然觉得说不下去了。我的面前还是吉田的四方形脸，只是因为喝了啤酒，看上去更加温和。我注视着吉田的脸，小声地跟她道歉。我说按照常理，我会督促韩子煊立刻交房费。我还说我跟韩子煊住在一起，所以我也有交房费的责任。我说的是真心话，但是吉田反过来安慰我。吉田劝我最好不要这么想，她说我帮韩子煊的话，帮得了一次，帮不到最后，因为房费太贵了，我一个女孩子，根本不可能付得起。我的心震动了一阵子，我知道，我是被吉田感动了。

话题回到保证人上，吉田说："当初签约的时候，是我不小心，作保的只是保证人而已。不是连带保人。按照日本的法律，连带保证人只能选一个人，欠钱的人不还钱的话，连带保证人有义务还钱。但是，保证人可以有复数人选，而且没有还钱的义务。"

吉田说得这么具体，我也知道无奈和绝望是怎么回事儿了。我还搞不清我自己的立场，我在韩子煊这边，我也在吉田这边，我到底在哪边呢？对惠比寿花园广场的种种回忆冲击着我的脑海，里面翻腾着我最热切的向往。失意和失望，不可阻挡地涌到胸中，强烈地洗刷着我的心头。在我差不多快要流泪的时候，吉田开始诉说她对韩子煊的看法，她强调韩子煊从一开始就是个骗子。吉田说韩子煊懂得日本的法律，并利用日本的法律钻空子。我点了点头表示赞同，再次想起了那张八十万日元的支票。

不过，我没有心情继续聊下去，非常想从一种痛苦中解放出来。我想立刻结束眼前的饭局，回家，等待韩子煊从中国回来。见到韩子煊的时候，我要往他的脸上吐一口唾沫，还要骂他不知道什么是羞耻。这时候，我注意到吉田在盯着我看，感觉到她也许发现了我的心情，就对她说："为了不给您添麻烦，干脆，我先搬出去好了。"

吉田说:"谢谢你的心意。不过,你这样做没有任何意义。你一个人搬出去,韩子煊不搬出去的话,一样解决不了问题。"

我没话可说了,干脆低着头,盯着空的啤酒杯发呆。我的心里乱糟糟的,这样的,那样的,全都纠缠在一起,理不清了。总之,韩子煊的事,让我的心伤透了。暂时我什么都不想思考了。吉田稍微欠了下身体,举起空的啤酒杯,在我的眼前晃了晃。吉田问我还要不要再叫一杯啤酒,我说不要了。

今天的这顿饭,应该是我请吉田才对。我站起来,拿起结账单。但是吉田说什么都不让我去付账。吉田说是她叫我来吃饭的。吉田不用结账单,直接去柜台付了钱。

然后我们一起回家。吉田提议我跟她一起去她家里,两个人一起喝杯茶,聊聊天。我已经累了,想回家。况且,我觉得我跟吉田,已经没有什么要说的话了。但是,另一个方面,我又觉得我不能拒绝吉田的提议。虽然我已经没话可说了,但是我还剩有一颗良心。依照我的良心的意思,去吉田家喝茶聊天,也是我欠吉田的债。欠债还债。我用右手的食指提上鞋帮,告诉吉田我很高兴有机会去她家里坐坐。

回家的路上,我跟吉田走得很慢。周围好久没有这么安静过。我们吃饭的时候,外边不知下了多久的雨。街面上几乎看不到人影。一户人家的院子里，紫藤帘一般垂下，随风摇曳，花香若隐若现。走近前细看，湿漉漉的紫藤花的叶子，大约有三四十米长。我看了看吉田，说："紫藤花的叶子，都蜷曲着。"

吉田告诉我，紫藤花的叶子日升夜降，到了夜晚，紫藤花的叶子会自动蜷曲。我们继续往前走，吉田说她昨天刚去了足立花卉公园，紫藤花瀑布般倾泻而下，十分壮观。吉田问我想不想去足立花卉公园看紫藤花，我说："不。"

我和韩子煊住的房子是三室一厅。房东太太这里只有一室一厅。除了一张床，还有两套沙发、茶几、衣橱、睡椅。衣服堆得到处都是。房间被东西塞得满满的，空气微薄，有一股长时间不开窗的味道。吉田让我坐在靠近门口的沙发上，告诉我沙发是楼里的人搬走时留下来的。吉田强调她房间里的所有的东西，都是楼里有人搬走时留下来的。吉田把这句话说了两遍。吉田说靠近厨房的黑色沙发，虽然没起什么作用，但是，沙发本身是真皮制作的，是上等的好东西，扔掉了可惜。吉田冲了一壶绿茶。给我的茶杯是一只白底粉花的圆瓷杯。端起茶杯喝茶的时候，我看到一根细小的茶茎浮在碧绿的水面上。一口茶喝下去，我觉得喝尽了山清水秀，心情一下子好起来。

一直以为我和韩子煊租的房子是吉田的房子。原来不是吉田的房子。所以，吉田并不是我们的房东太太。吉田说她自己运营着一家不动产公司，同时兼做这栋公寓的管理人。房主跟吉田签约，房子租出去的话，她收礼金。原来我们是跟吉田运营的不动产公司签的约。吉田说房费由她的不动产公司转账给房主。吉田说兼做公寓的管理人，不仅可以白住房子，还能赚管理费。所以管理费是吉田的第二份收入。管理人因为收了管理费，所以要解决住民的各种疑难问题，还要保持公寓的清洁。我感叹管理人不容易做，吉田好像很高兴我理解她，她坐在我对面的沙发上说："但是，我收的这几个月的管理费，都用来为韩子煊付房费了。"

我都不知道我对吉田说过多少次对不起了，可能连吉田也都听腻了这一句话。吉田跟我聊天的内容换成她自己的事。吉田告诉我她结过婚，但是离婚了。吉田生过一儿一女，但是离婚的时候，孩子留在男方那里了。离婚后，为了自立，吉田努力学习不动产管理，取得了资格。吉田看准时机，利用贷款买了一套房子，之后赶上泡沫经济，房子出手时，卖出去的价格是当初买房子时的好几倍。吉田用赚来的钱，开了一家不动产公司，因为同时做公寓的管理人，房费、水电费都是免费的，所以，不知不觉的，她攒了很多钱。有钱并没有令吉田觉得幸福，因为几乎不跟她来往的儿子和女儿，有一天突然跟她联系了，开门见山地跟她要钱。吉田对我说："我给了儿子三千万，给了女儿三千万。我做得很公平。"

我从来没有指望过自己能从什么人的手里得到三千万，觉得吉田很了不起。我咂咂舌头说："三千万日元，啊，我要工作一辈子，少吃少喝，才能存下来呢。"

吉田说："我儿子和女儿才不会这么想。他们从懂事起就憎恨我，认为我离婚的时候抛弃了他们。他们从我这里拿钱，觉得是给了我一个赎罪的机会，我应该感谢他们才对。钱到手后，他们根本不来我这里了。现在的情形是，我偶尔给他们打一个电话。"

吉田的情形还真是挺惨的，我有点儿同情她。我说："你做得已经够意思了，好多父母做不到的你做到了。"

吉田说："毕竟孩子是我亲生的，他们对我做出什么，我都能够接受。何况，在他们还小的时候选择离婚，的确是我的错。"

我说离婚不能说是谁的错，三千万日元，虽然替代不了孩子们心灵上的补偿，但是却可以表示吉田做母亲的心意。我这样说，吉田好像很高兴，她接着说："我现在已经是六十多岁了，每天不是这里痛就是那里痛，没有人真正担心我。"说到这里，她突然想起了什么，不好意思地说："啊，我得对你说声对不起，最近，我三番五次地叫韩子煊来这里，给我按摩，你没有不高兴吧。他的手法很不错，每次按摩后我都会舒服很多。"

那次韩子煊手里拖着毛巾回家，告诉我去吉田家给吉田按摩，我还以为是偶尔的一次呢。但是，从我的角度来看，吉田的痛不是病，是衰老和孤独。孤独也许可救，而衰老却是根治不了的。一开始，我觉得很生韩子煊的气，但是，听了吉田的话，发现自己在心理上的负担似乎减轻了不少的时候，就泄了气。因为连折磨我的罪恶感都有所淡泊了。吉田关节痛的时候，叫韩子煊为她按摩，我想这也是吉田惩罚韩子煊不交房费的一个手段。韩子煊给吉田按摩，是他正在竭尽全力的一个部分。我觉得，按摩是吉田跟韩子煊之间的某一种待遇，很公平。我刚刚才理解了这一层的意义。我试图宣泄心里的恶意的时候，却以非常亲切的语调对吉田说："韩子煊做了那么多对不起您的事。再说，他在日本的时候都闲得很。只要韩子煊在日本，您的腰腿痛了，您就随时叫他。为您按摩是他应该做的。您也不要觉得对不起我，对我来说，韩子煊给您按摩这种小事，根本弥补不了他的过失。"

吉田说："你真是个好人。"

我说："我哪里是好人。您才是好人呢。"

吉田说："我想跟你商量个事，如果韩子煊就是不肯搬走的话，你可不可以劝他搬到三楼来。"

吉田说她隔壁的房子正好空着，虽然是一室一厅，但是因为房费会便宜一半，所以她负担起来也不会感到太吃力。吉田小心翼翼地问我："你觉得怎么样？"我很惊讶，另一方面，我觉得心被千刀万剐。我从头到脚打量吉田，她真的是用孤独凝缩的庞然大物。

吉田希望我马上作出答复，但是，好长时间我一句话也说不出来。意料外的进展令我意识到韩子煊是有罪的，我也是有罪的，吉田也是有罪的。吉田喝了一杯又一杯的茶，我不敢喝太多，怕睡不着觉。吉田又开始唠叨韩子煊和她自己的事情，我觉得我可以离开吉田的家了。我站起来。吉田送我到门口。我真的希望吉田不要送我，但是她在我说了谢谢之后还跟我亲热地握了握手，好像跟我的关系亲近了不少。

回到家里，我的困意不知道跑到哪里。如果我就这么睡了，一定会有一种不可抗拒的东西，让我不得安宁。我换上一套藏青色的运动衫，走到放在客厅里的拳击用的沙袋前。我深深地吸了口气，左勾拳打了沙袋上韩子煊的右脸，然后右勾拳打了沙袋上韩子煊的左脸，这之后左勾拳打了沙袋上韩子煊的鼻子。左勾拳——右勾拳——左勾拳，我一直打下去，一直打到两只胳膊都抽了筋。

好久没有失眠了，我想起今天是星期六，我喜欢星期五和星期六，因为第二天休息。我从家里出来，第一次不想去惠比寿花园广场。我坐在公寓大楼前的石阶上。公寓的上空，星光闪烁，今天的夜空跟普通的夜空没有什么不同。时不时有人从我的眼前走过，不过没有人看我，好像我不过是路边的一棵树木，或者公寓前的一个摆设。终于出现了一个同住在公寓的女人，她亲切地跟我点了点头。后来,有一个高大的男人,牵着一条比手掌大不了多少的吉娃娃,慢慢走过我的眼前,消失在左拐弯的地方。刚才出了一身热汗的身体,开始觉得凉起来,简直有点儿冷了。

  我回家了。

………   朱太太的老公死了

我给妈妈申请探亲签证，一个星期就办理好了。妈妈从大连乘飞机到成田机场，我和韩子煊去接的机。

妈妈到日本后的第二个星期，朱太太的丈夫死了。我接到朱太太寄来的参加葬礼的通知。

朱太太住在横滨的关内，我从惠比寿乘电车，在品川换车，在关内下车，然后步行到殡仪馆。路上花了一个多小时。跟朱太太有几年没有见面了，说起朱太太，我第一次去惠比寿玩，我认识美月，都与她有关系。

殡仪馆很小，因为办的是家族葬，除了朱太太和她的两个女儿，剩下的就是几个特别好的朋友。我进门的时候，朱太太正忙着跟其他人说话，美月悄悄地走过来，我们握了握手，相互说了声好久不见就在最后一排的椅子上坐下来。仪式还没有开始，我对美月说："最后一次见朱先生是几年前，那时他已经得了痴呆症，连饭都不记得吃。"

美月说:"这几年,辛苦了朱太太,吃喝拉撒的都是朱太太在护理。"

我说:"朱先生是那么亲近的一个人,总是笑眯眯的,想不到会得这种病。"

美月感慨地说:"朱太太本来就比朱先生小二十多岁,岁数不饶人啊。"

这时候,朱太太走过来,笑着对我说:"你来了。"

我说:"来了。"然后,我将准备好的专用信封交给朱太太,里面装了三万日元。朱太太接过信封后,说了声谢谢,顺势握住我的手,握了好长时间。

"你想不想看看我先生?"朱太太问我。

我吃过好多次朱先生做的菜,因为他是厨师,做的菜很好吃,所以我愿意看朱先生最后一眼。朱太太领我走到前面的棺材处,我看到朱先生躺在棺材里,朱先生看上去小了一大圈。我听妈妈说过,人是水做的,人死了,水蒸发了,人就剩不点儿了。看来妈妈说的是真的。妈妈还说人活着其实就是一口气,一口气上不来,人就死了。所以我想朱先生是一口气没上来。朱先生的神情很安详,好像在睡觉,看了后我没有觉得害怕。棺材是木制的,周围被鲜花环抱着,旁边有几个大花圈。花香弥漫着整个房间,可能过于浓郁的原因,我觉得有点儿恶心。

过了不久,仪式开始了。朱太太信佛,葬礼按宗教仪式办。

场面一下子安静得不得了，所有的人都屏住呼吸，正襟危坐地听悼词。主持人开始介绍朱先生的生平，说他生于中国台湾，跟朱太太结婚后一起去美国，在美国的唐人街学到一手好厨艺。后来他们从美国来到喜欢的日本，凭着一手好厨艺，朱先生被位于惠比寿花园广场的一家大饭店聘为厨师长。听到惠比寿这几个字，不知道为什么，我的眼泪开始控制不住地流下来，后面的话都没有听进去。早上走得急，也没有想到会哭，竟然忘记了带手帕。我用随身携带的餐巾纸捂住鼻子。美月拍了拍我的肩。朱太太看到我哭，感到很惊讶，她向我走过来，我正好坐在最后，径直向门外走去。

我在门外的椅子上坐下来，不仅仅是眼泪控制不住，我开始哽咽起来。朱太太说："我们早都有思想准备了，你知道，久病无亲人，他得病有好几年了，我们家里人都不伤心了，所以你也不要太伤心了。"

"我知道这一点，但是我控制不了我自己。你不要管我，你回去，仪式还在进行，大家都在等着你。"我有点儿语无伦次。

"那么，我就不在这里陪你了。你不要哭了，平静一下，仪式完了以后，我们一起去吃饭，我还约了美月。"

我目送着朱太太走回殡仪馆，一个人在殡仪馆外边的长椅上没完没了地哭着。爸爸死了以后，参加葬礼的时候，如果不小心碰到哪一根神经，我就会控制不住地哭起来。但是我从来没有像今天这样哭得如此伤心。多少年前，我也住在关内，经常到朱太太家里去玩，死去的朱先生，做了好多在惠比寿的那家饭店里才能吃到的菜，说到惠比寿的时候，他会说："你一定要去看一次，那里是一个会给你带来追求和向往的地方。"对惠比寿的最早的憧憬，正是来自于朱先生。所以，朱先生死了，千丝万缕中，维系我和惠比寿花园广场的第一条线就断了。最后一次去朱太太家的时候，朱先生已经不记得吃饭，人瘦得皮包骨。我记得我劝朱太太唤朱先生吃饭，朱太太没有唤，我那时还担心朱先生会不会因为痴呆而饿死。这样想朱先生，我又觉得对不起朱太太，心情沉重到抬不起头来。

我的眼泪差不多哭干的时候，葬礼也完了。灵车已经等在路上了。那是一辆黑色的宫型灵车，车顶和后部被改造成华丽的佛寺。朱太太和美月，还有那几个我不认识的人，跟在抬棺材的人的后边走出来。我从长椅上站起身，走到人群的最后，然后跟人群站成一排，目送着朱先生去另一段旅途。美月不知道是什么时候来到我身边的，她对我说："有时候，死也不是一件坏事。至少对朱太太来说，也许是解脱。"

我开始觉得热，不知道为什么灵车还不开走。朱太太站在离灵车最近的地方，肥胖的身子好像细了一部分，她一边笑着一边跟穿着黑色西装的男人说话。男人不断地点头哈腰。我明白了，那个男人是司仪，朱太太在对主办葬礼的负责人作最后的答谢。灵车应该马上就会开走的。

灵车启动的时候，我全身轻松起来。看不见灵车后，朱太太点头哈腰地送走她的几个朋友，只剩下我和美月。头顶的天空荡着几朵白云。马路对面的商店街里，几个年迈的女人，一边说话，一边慢慢地走过。花店的门前摆着好多红花绿树，最显目的是蓝雪花和向日葵。特别是蓝雪花，让我顿时感觉清凉起来。忧伤走过后，一切都回到日常，一个普通日子的中午，就该是眼前这样的情景。死亡增强了现实生活的幸福感。

朱太太，节哀顺变。

肚子咕咕地叫起来，声音很大，我想起早上没有吃早饭。朱太太听见我肚子叫，带着疲倦的微笑对我说："你饿了吧，我们去吃饭。"

台湾人也是中国人，也吃红白喜饭，虽然这其实并没有什么意义。反正思念是看不见摸不着的，人总得找些方法来表现。

我吃了很多，还喝了一瓶啤酒。美月和朱太太喝的是烧酒。朱太太不提朱先生，我和美月也不提朱先生。其实，灵车看不见后，我们都松了一大口气，特别是朱太太，一桩大事纠缠了她好几年，总算了结了。

美月的一切都是老样子，没什么好说的，话题就转到我身上。美月问我："跟韩子煊的关系有进展吗？"我半天说不出话。于是美月又问我："你还和他一起住吗？"

我点了点头。美月开始沉默了。朱太太给我和美月添酒，然后对我说:"有一件事,也许不该对你说,但是,你是我们的好朋友。"

我什么都没想,只是下意识地说:"我知道。"

我看见朱太太跟美月相互对视了一眼,然后,美月对朱太太点了点头。

朱太太说:"即便你和韩子煊没有结婚,但是毕竟住在一起,我们中国人有一句话,兔子不吃窝边草,韩子煊做的事,太过分。"

"你是在说韩子煊吗?"我问朱太太。

坐在我对面的美月点了点头。朱太太说:"是。"

"你要说的事,也许是我想象过的。说吧,我有心理准备。"

于是,美月告诉我,她去惠比寿我家的那一天,拍完为《每日新闻》准备的照片后,我外出去冲洗相片的那一小段时间里,韩子煊不仅用手摸了美月的屁股,还要求跟美月找时间单独约会。

"所以我很快离开你家。好久没有跟你联系,是不知道该不该告诉你这件事。但是又怕你受骗。"美月说。

我无语地喝了一口啤酒,费了好大劲儿才没有使吃得过多的东西吐出来。这个瞬间充满了挣扎,有一种东西,好像便后冲水,一下子就把马桶冲干净了。美月说话总是慢悠悠的,喜欢在句子里加上"因为"、"所以"和"但是"。我自己也感觉到气喘得粗起来,热气呼哧呼哧地绕着我的脸。我对美月说: "对不起。"

美月和朱太太同声说我道歉是把她们当成外人,是见外。美月说因为都是朋友,所以朋友之间不许说对不起。美月的长发用发夹拢在头的后部,她好像很饿,狼吞虎咽地把一碗米饭吃光。美月接着对我说:"但是,因为有了这件事,所以你和韩子煊的关系,不能就这么拖下去。因为你们的关系不明不白的。"

我在三越定做的那个沙袋,平时我左勾拳右勾拳地打沙袋上韩子煊的一张脸,只是出我心中的气,根本不能惩罚他。美月和朱太太建议我"踹"掉韩子煊,把他从家里赶出去,或者我从家里搬出去。不过,我觉得我应该好好考虑考虑。行动之前,我需要确认自己是否能够放弃对惠比寿花园广场的憧憬。还有,妈妈刚到日本来,妈妈跨洋过海地来看我。妈妈至少还要在我家里住一段时间,我不能折腾妈妈。

妈妈也在,所以我以为我能够装得很平静,好像什么都没有听到,什么都没有发生过。我回到家的时候,韩子煊正坐在沙发上看电视,电视有半面墙那么大,是我花七十万日元买的最新款,连画面中的人的脸上的雀斑都一目了然。妈妈在厨房正忙着什么。也许是刚刚喝过的酒,冲到我的太阳穴,我径直走到韩子煊那里,在他正想跟我打招呼的时候,将一口唾沫吐到他的脸上。韩子煊看了妈妈一眼,什么话都不说,只是拿了一条毛巾将我的唾沫擦掉。看到毛巾,我更加火冒三丈,"你这个流氓。"

我用日语骂他。

妈妈听不懂日语。但是,妈妈说去公园转一圈就回来,要我平静一下,还说有事应该好好谈才对。

妈妈出去后,韩子煊已经把毛巾放到洗衣机里,他对我说:"无缘无故的,当着妈妈的面,还有比这样的事更令人感到耻辱的吗?"

我还是第一次当着韩子煊的面踹了一脚拳击沙袋。这一脚踹在沙袋上的他的鼻子上,我觉得不见血我就不会罢休。

"你还会说耻辱?"我一口气说下去,"美月是我的朋友,你连我朋友的屁股都敢摸。"我有点儿气急败坏,顺手抄起放在沙发旁边的抓痒用的老头乐,在韩子煊的后背上敲下去,断成两截的老头乐看上去触目惊心。"不仅摸屁股,你还提出约会。"我抬起腿踹了一脚。这一次我没有踹沙袋,而是直接踹在韩子煊的大腿上。

韩子煊坐在沙发上一动不动,不申辩,不道歉,也不还手。

我去厨房,开始为自己冲茶。从这个时候起,我不知道还应该干点儿什么才能够惩罚韩子煊。我吮了一口茶水,让茶水慢慢地流过喉咙,我感到茶水到了胸口,胸口暖暖的,很舒服。

韩子煊在我安静下来后出门去街上了。我等着妈妈回来,想着好好跟妈妈解释一下。过了不一会儿,妈妈就回来了。

"他呢?"妈妈问。

"出去了。"我说。

"你做得有点儿过分。"妈妈说。

"我也是忍无可忍。"

"至少不应该当着我的面。"妈妈在沙发上坐下来。

"我本来想忍的,没忍住。"

妈妈皱起眉头,说:"我从来没想到你会做出这种事,竟然朝着人家的脸上吐唾沫,不文明,他到底做了什么事会让你这么过分。"

我想了一下,对妈妈说:"他摸我的好朋友的屁股。不过,是很久以前的事,我只是今天刚听说而已。"

妈妈坐在沙发上,静静地看了我一会儿,然后,妈妈问我:"你打算跟他结婚吗?"

我说:"不知道。"

"为什么?"

"他不仅没有钱,还欠了很多债。"

妈妈说:"来日本前,差不多每次打电话他都在中国,他不是做生意的吗?"

其实,原来我也以为韩子煊在中国和日本之间跑来跑去是做生意,但是,慢慢我知道他是在骗人。其实,他不过是认识了几个中国人,根据中国人的职业,他随便立出一个项目,然后用这个项目骗日本人投资。钱骗到手,他立刻就去中国住高级宾馆,请客吃饭,唱卡拉 OK。钱花光了他就回来了。我对妈妈说:

"好在他骗的钱,都是用来支援中国的经济建设了。"

因为这个理由,无论韩子煊手里进多少钱,他的处境都无法改变。

我跟妈妈说这些事情毫无意义。不过,即便我不说,妈妈来的这段日子里,韩子煊的老底已经被妈妈看穿了。

妈妈好长时间不说话,看着我的目光小心翼翼。时间好像在减速,流逝得很慢,或者已经停止下来。妈妈的小心的目光,令我觉得自己脆弱不堪。

我走到沙发处,在妈妈的身边坐下来。我握住妈妈的手说:"刚才,你出去的时候,我骂了他,还打了他,然后就不知道干什么才能惩罚他。那时候,我突然明白了,他的处境跟我的不知所措是一样的,他已经山穷水尽了。也许,就因为他山穷水尽才会对我的女朋友下手。"

妈妈说:"他这样下去的话,不行。骗人哪能长久。还有你们两个人,这样下去的话,也不行。毕竟是一男一女,而且是同居。"

我站起来,去厨房洗刚刚使用过的茶杯。我对妈妈说:"当然,我当然知道这样下去是不行的。"

韩子煊一无所有,所以韩子煊根本不接受任何威胁。

由于疲倦,我觉得头痛,于是我打开客厅的玻璃窗,一阵凉风清冽地穿进来。我什么感觉都没有,最近的一段时间里,我身体的某一根神经变得麻木起来，怎么说呢，好比我受了好多伤，这里那里，伤痕累累，但是，我感知的痛却是混沌的。身居惠比寿花园广场这个事实，好像麻醉剂，麻醉了我身体的某一根重要的神经。昨天夜里，我带妈妈去惠比寿花园广场的那家烤鸡肉串的居酒屋了，虽然不是我和韩子煊来时的同一个座位，但也临窗，可以看到大半个东京的夜景。万家灯火，流动的车尾灯，我和妈妈一边喝着烧酒，一边看夜的苍穹下的灯的闪烁。我想不只是我和妈妈，其他正在看着窗外的人也一样，隔着一层玻璃，好像我们活在现实里，而灯光闪烁的那一头却是自己的心构建出来的，是任意的一个世界。我觉得那个世界是一个庞然大物，不过是一盏灯又一盏灯而已，却丰富多彩，千变万化，冲破城市的黑暗。我想寻觅什么的时候，就会有一种属于夜的东西在心里长出来。酒是热过的，妈妈喝了好多，第一次看到妈妈喝那么多酒而不醉。妈妈说她真的很高兴。用妈妈的话来说，她第一次喝这么好喝的酒，吃这么好吃的鸡，看这么好看的灯。

来日本，是妈妈第一次出国。妈妈还是第一次坐在39楼这么高的地方眺望风景。至今为止，我送给妈妈好多的礼物，叫妈妈来日本是其中最大的一个礼物。

妈妈忧心忡忡地问我："你确定，一个中国人，一个韩国人，在日本，会得到真正的幸福吗？"接下去，妈妈几乎是绝望地说："不尽早作决定脱离现在的处境，你会后悔一辈子的。趁着还年轻，找个可靠的吧。"

妈妈这样说，我就知道妈妈是在问我为什么不离开韩子煊。妈妈只是不想责备我。妈妈用她自己的方式来提醒我。而我不禁苦恼起来。一直以来我都是一个瞻前顾后、患得患失的人。与韩子煊的关系虽然已经裂纹丛生，尤其裂纹处生出很多的污垢，但是除了我们之间或许存在的那点儿恋情之外，搬家前，在菊名的那个缠绵而又激烈的夜晚，韩子煊已经浸透在我的骨、我的灵魂深处。我的情形是，虽然每天早上起床后都觉得问心有愧，但作为与韩子煊同居的女人而已，良心上所感受到的责任尚没有达到极限。尤其吉田这个老太太，在她对我暴露了她的孤独之后，我的忏悔的心境便得到了拯救。我不是一个完整的人，可以形容我人间失格。是的，就是人间失格，还要加上"！"。

还有，坦白地说吧，好不容易住到憧憬的惠比寿，惯有的醉醺醺的快感缠绕着我，结果形成了所谓恶性循环的怪异的三角圈。上个月月末的一天，妈妈去房间睡觉后，我跟韩子煊喝酒一直喝到深夜，酩酊大醉。去自己的房间后，当时我很想跟韩子煊再来一次缠绵，但韩子煊却再次提起投资的事。单凭在这种时候提投资的事，就足以置他于死地。我在前面说过，有时候，我会觉得，我的内心深处困着好多无着无落的东西。某一刻，这个东西是一条狗，黑色的狗，突然蹿出来咬我的心，于是我心痛，忧郁低沉，甚至想通过自杀来停止痛苦。某一刻，这个东西是一个声音，冷不防地在潜意识里召唤我一下，于是我心情亢奋，做出自己也意想不到的事情。酒精令我失去理性，我还是第一次如此失控。我一边解裤子的拉锁,一边回答韩子煊:"好啊,你想要我的钱,那么你就来吧,你满足我一次,我给你十万日元。你满足我十次,我给你一百万日元。"之后,我还看着沉默的韩子煊大笑。菊名的时候,那一份快感像大海,深不见底却是透明的,而现在,我得到的邪恶的快感像咆哮的海,横冲直撞并且泛滥。虽然是喝酒喝醉了,仍然可以证明那个时候的我,是下流猥琐的。我跟韩子煊,原来竟好像亲生的骨头与肉。我与韩子煊是两个人格欠缺的人!当时,韩子煊一动不动地坐在被子上,好像死掉了一般。第二天酒醒后,我装作因为醉酒,把当时的事都忘记了。否则事态就无法挽回了。看上去,韩子煊好像也把什么都忘记了。我们是两个"大人"。

但我背着韩子煊轻轻地哭了一场,哭了很长时间。哭的时候心想,如果我可以死去就好了。之后的好长时间,一想起那个失控的夜晚,我就会感到悲凉,悲凉无法制止,无边无际地蔓延滋长着,这是对我的惩罚。住到惠比寿以后,我的内心有点儿不像人样了,受惩罚,是早晚会发生的事。妈妈要我离开韩子煊,这也是早晚会发生的事。

………… 特别永住不是一种在留资格

韩子煊要我陪他一起去参加一个会。

会场在新大久保。新大久保也叫"韩国城"。走在新大久保的时候，我觉得好像到了韩国。这是人的错觉。日本的全球化使日本各地形成了好多"民族城"。北池袋有"中国城"。竹之冢有"马尼拉城"。锦丝町有"泰国城"。西葛西有"印度城"。这些民族城里，稳固地保持着具有本国民族风情的餐馆和礼物店。

我跟在韩子煊的身后，在靠近讲台的椅子上坐下来。四周的人都在用韩国语说话，我意识到，除了我之外，所有的人都是韩国人。

其实，在日本的中国人也有好多团体。华人教授会。华人作家会。华人画家会。华人同乡会。华人报刊会。会的数量太多，数不过来。我对这些会不太感兴趣,他们的会章有一个共同的宗旨,就是促进中日两国间的经济和文化交流。我宁愿具体点儿,比如把我喜欢的中国作家的书,翻译成日文,介绍给日本的读者。这只是我个人的一种看法。我认识的一个人告诉我,哪一天,你有了钱,不必为吃穿发愁,不用担心活不下去,但是你还想出名的话,你就成立一个大连同乡会,当会长。这也是一个人的看法。中国人整体在日本想形成势力的话,团体精神也是必不可少的。

韩子煊告诉我,会场里的人都是在日朝鲜人,或者他们的父母是在日朝鲜人。我说朝鲜人就朝鲜人了,为什么要在朝鲜人的前面加上"在日"两个字?韩子煊问我:"谈美国史,是否可以不谈犹太人?"

我想起读过的菲利普·罗斯的小说《美国牧歌》,于是对韩子煊说:"离不开犹太人。"

韩子煊说:"道理是一样的。谈日本史,离不开在日朝鲜人。"韩子煊解释说,加上"在日"两个字,意味着这些人是特别永住者。与一般的永住者不同,特别永住者享有好多特权。韩子煊举了几个例子,比如,特别永住者犯罪,只要不涉及颠覆国家,一般不会被遣送回国。特别永住者出入日本国不需要按指纹。特别永住者没有随身携带外国人登录证的义务。看我似懂非懂的样子,韩子煊进一步解释,他说,1945年日本战败后,一些前殖民地的人民还留在日本，这些人实际上成为了两个国家的弃民。怎么办呢？日本政府只好给这些人颁发特别在留许可。韩子煊问我："你现在用的是哪家的手机？"

我说："软件银行集团。"

韩子煊说："那你知道孙正义了？"

我说："是软件银行集团的董事长啊。"

韩子煊说："他就是在日朝鲜人。"

我感到十分惊讶，在日本的人，有谁不知道孙正义的厉害啊。我对韩子煊说："你自己也是永住者啊。如果当初你不失败的话，搞不好你也会跟孙正义似的，纵横四海。"

韩子煊说："我不是特别永住，是永住。即便如此，我在申请永住时还是历经了千辛万苦。但是，这些特别永住者的子孙，他们在一生下来的时候，就拥有永远居住日本的资格了。"韩子煊几乎带着恶意的神情，接着说了一句："我跟他们完全不同。"

我不懂这一段历史。但是我天生擅长想象。我说："我懂了。有一些人，当他们的国家是日本的殖民地时，他们等于是大日本国的皇民。日本战败了，当然得把占领的殖民地吐出来。但是，这些前殖民地的人还留在日本，成了所谓背井离乡的难民。于是，日本政府也头痛，就给这些人颁发了特别永住许可。特别永住许可，并不是外国人居住日本的在留资格，而是指那些留在日本的前殖民地的人。"

韩子煊说："你理解到这一步，还算你聪明。"

我说："你说那些特别永住者的子孙，他们生下来就是特别永住者。那么，年复一年，这些子孙的增长率是越来越大呢？还是越来越小呢？"

韩子煊说："你不要想得这么复杂。"

我说："还有，孙正义虽然归化日本，但是，他一直使用原有的名字，我想他是故意把自己同日本人区别开来。你为什么要把自己同朝鲜人对立呢？我觉得，你跟这些特别永住者是同族，却憎恨他们。你的所谓'朝鲜族人'的核心是什么呢？"我的想象跟不上。我从小就讨厌历史课，历史总会把我的脑子搞得乱七八糟。

韩子煊说："马上就要开会了，今天没有时间跟你讨论这么多问题。认真讨论这个问题的话，也许要几天几夜。"

一个女孩走到我跟韩子煊面前，给了我们两杯茶。杯子是纸杯。我对女孩说了声谢谢。我希望韩子煊能跟这些特别永住者相处得好一点。我本来想请韩子煊注意，其实眼前的这些特别永住者跟他一样，他们是一样的；他们跟我也是一样的，我们大家都是一样的。但是，韩子煊的神情不容我辩论，在一片嗡嗡响的噪音里，他显得很不自在，不断地用手指敲打着桌面。我想今天的会，应该与特别永住者有关。会议还没有开始。

过了没多久，会议室的嘈杂声一下子弱了。因为一个手里拿着黑色皮包的男人走进来。男人几乎就在我和韩子煊的后边坐下了。首先，我一眼就认出男人是白慧教，是一家在日韩国报纸的主编。我并非直接认识白慧教，我只是知道他，因为他经常出现在日本的电视里。只要新闻跟朝鲜或者韩国有关，差不多都是白慧教以嘉宾的身份，在日本的电视上作分析和展望。其实，在日本，跟白慧教类似的名人有很多，我叫他们"电视名人"。他们来自各个国家。当某一件国际新闻涉及某一个国家，电视台就会找一个出生于这个国家的人做嘉宾。这些成为嘉宾的人，要么是在日本的大学任教，要么就是在日本创办报纸的记者，还会在日本出版过几部时事论著。我在电视上看到的面目基本上都是固定的。白慧教也是一个"电视名人"。在电视里发言的时候，白慧教使用的是一口流利的日语，我知道他的政治态度，一贯都是批判朝鲜。

白慧教坐下后，会场的气氛像大学的课堂一样肃静下来。会议开始了。主持人是一个年轻的女孩。几个人陆续发言。期间我问韩子煊有没有他的发言，他说没有，他说他跟这一群人没有什么话好说。我有点儿生气，韩子煊既然觉得没话可说，干嘛特地跑到自己不喜欢的人的聚会来呢？不仅如此，韩子煊还特地捎上了我。

我根本听不懂几个发言人在说些什么。发到手的材料，因为是用韩国语做成的，也看不懂。没过多久，我开始犯困，想打哈欠，想睡觉。有几次，我真想问问韩子煊，我可不可以提前离开会场。但是，就在我困得快要睁不开眼睛的时候，白慧教开始发言了。我跟白慧教的座位离得近，所以他的样子我看得清清楚楚。黄眼球。个子不高，一定不到一米七。灰白色的头发和灰白色的胡子。我觉得他的样子是和蔼可亲的。我还是第一次听白慧教说韩国语。

虽然韩子煊不喜欢这里的人，我觉得韩子煊也不招这里的人的喜欢。我跟韩子煊刚进会场的时候，他将我领到几个人那里，介绍我的时候，为了照顾我是一个中国人，他使用了日语，他说我是来自中国的女作家。但是，几个人的表情看起来很麻木，不笑，也没有人要跟我握手，只是淡淡地点一下头。实际上，几个人在点过头后，根本就不再搭理我跟韩子煊了。我觉得韩子煊在这个圈子里很没有面子，但是我不知道他是怎么做到毫不在乎的。

白慧教发言时，韩子煊显得激动不安。有几次，韩子煊想打断白慧教的说话，但是白慧教明显不搭理他。我注意到，白慧教有几次不自觉地用眼角瞥过韩子煊，其他的人，他们看见韩子煊想插嘴的时候，都露出不屑和厌恶的神情。我也觉得打断人家的说话很不礼貌，但是，我不知道怎样跟韩子煊表达我的这个想法。我将嘴附在韩子煊的耳边，悄悄地说："等白慧教说完了你再说，这样比较好。"

韩子煊说："我是不想让他说下去。"

我说："啊，可是。"

韩子煊很快地说："我今天就是为了这个家伙而来的。"

我不敢说下去，怕引起会场里更多人的反感，于是用手捂住嘴，极小声地说："啊，可是，这是集会。"

会议好不容易结束了。一部分人离开了会议室，更多的人围在白慧教的身边。韩子煊带我去会场的一个角落，那里是用茶点的地方。我不明白韩子煊为什么不像一部分人那样，会议结束了就迅速离开会场。韩子煊坐在我旁边的椅子上，用小的纸杯喝茶。我希望韩子煊尽快地带我离开，到外边去，呼吸一下新鲜空气。我问韩子煊："好多人已经走了，我们也可以走了，你还留在这里干什么？"

韩子煊说："我跟姓白的有话说，你再等一会儿。"

其实，我是害怕韩子煊在这里跟白慧教吵起来，所以想阻止韩子煊去白慧教那里。我张大嘴，打了一个很长的哈欠，说我已经又累又困，想早一点离开，想回家休息。

但是，韩子煊看出了我的心思，他对我说："你不用瞎担心，我就说一句话而已。你再忍受一会儿。"

不好再坚持下去，我觉得不知如何是好，喝了一口茶，舌头发涩。茶有强烈的苦味。韩子煊在旁边取笑我，说我把他看成小孩子了。

围在姓白的男人身边的一大堆人逐渐少起来，不久就走光了。会场里只剩下三四个人。会场的大门不知是什么时候打开的，阳光照进来。阳光覆盖了灯光。两个女孩拿着透明的垃圾袋，将桌子上人们使用过的纸杯收进去。韩子煊突然向姓白的男人那里走过去。事情来得太突然，我慌张地跟在韩子煊的身后。白慧教正准备离开，但是韩子煊叫住他。我听到韩子煊的声音都变了。韩子煊跟白慧教说了一句韩国话。我看到白慧教挺直了身体，对韩子煊说了一句韩国语。然后韩子煊对我摆了一下手说："我们走吧。"我跟着韩子煊很快地走出会议室。

我看不出韩子煊到底是愤怒还是快乐。我问韩子煊："你跟白慧教说什么了？"

韩子煊说："我说他一点儿都不了解朝鲜，却在电视上胡说八道。我让他以后要住嘴。我骂他是日本的一条狗。"

我问韩子煊："白慧教怎么回答你呢？"

"他能说什么，还不是老调调。他只会说言论自由。"

我又问韩子煊："你今天就是为了说这句话来的吗？"

韩子煊哈哈大笑地说："就是为了骂这个姓白的才来的。"

我有点儿不敢相信，想再度确认一下，于是问韩子煊："那么，到今天为止，你跟白慧教有过来往吗？"

韩子煊说："没有来往。今天我跟他是第一次见面。"

没想到韩子煊如此无聊。早知道是这样的话，我就不会跟着韩子煊来参加聚会了。我气不打一处来地对韩子煊说："你十六岁不得不偷渡到日本，你觉得是白慧教的责任吗？世界每天都在往前走，好多事情都变了，你纠结你的过去，你的过去跟人家有关系吗？"

这时，我跟韩子煊已经走到车站附近的商店街了。韩子煊也许没有听清我的话，也许故意躲开我的话，他对我说前边的一家饭店有干烤牛仔骨和马格利酒，问我想不想进去。我正在气头上，一口回绝了。刚才在会场收拾纸杯的一个女孩，从我跟韩子煊的身边跑过，超过了我跟韩子煊。很快就看不见女孩的身影了。女孩跑过我身边的时候，我借机闪了一下身子，跟韩子煊拉开距离。韩子煊走在前边，我跟在韩子煊的身后。韩子煊回过头对我说遗憾，因为只有到新大久保才能吃到正宗的干烤牛仔骨。这种时候，韩子煊满脑子想的竟然会是吃的。我尽量维持以往的声调，对韩子煊说："这样你争我斗的，总有一天，其中的哪一个人，会受到伤害。"

韩子煊说："你懂什么叫伤害啊。"

一定是有一只蟑螂，跑到韩子煊的脑子里了。此时此刻，我觉得有点儿厌恶韩子煊了。我故意有一搭没一搭地说："也许你这样想，不过是你的自以为是。"

韩子煊扭过头看我，反问我："你是说我自以为是吗？"

我很不自在，回答说："是。"

韩子煊放慢脚步，等我走到他的身边时说："你说话最好有点儿分寸，比起你来，我有更多的人生经验。"

这一刻是黄昏时刻。这是我最喜欢的时刻。抚在身体上的阳光是温柔的。我跟韩子煊混在一大群人里，一起走进车站，乘扶梯去站台，然后等电车进站。身边所有的人，几乎都在看手机。韩子煊也在看手机，他的手机使用了好多年，只能打电话，不能上网。我觉得，虽然生活一如既往地向前走着，但韩子煊被什么拽住了大腿，向前走的时候，要费很大的劲儿，所以，他不向前走了，只在原地踏步。我想，也许韩子煊累了。

上了电车后，因为没有挨着的座位，韩子煊坐在我的对面。韩子煊今天也是西装革履，系着紫红色的鲜艳的领带，一丝不苟。虽然领带是大拍卖时用五百日元买下的便宜货，但是，因为系到了韩子煊的脖子上，不知道为什么，看上去竟觉得是高级领带。不能否认，尽管韩子煊连房费都付不起，却长得富丽堂皇。

韩子煊大声地咳嗽了一下，引起了我对他的注意。我看见韩子煊冲着我打手势。为了不引起其他人的注意，韩子煊的动作很小，他用手指了指他自己紧紧闭在一起的两条腿，又用下巴示意我看看我自己的两条腿。我明白韩子煊的意思。但是，韩子煊的指手画脚只能令我感到厌烦，我故意装作不懂韩子煊手势里的意思，还把头扭到左边去，故意不看他。电车到惠比寿，我跟韩子煊一起下车，韩子煊问我有没有看懂他刚才做的手势的意思，我说没看懂。过了一会儿，韩子煊对我说："日本的女人，她们坐着的时候，不会像你那样分开两条大腿。日本的女人，会把两条大腿合在一起。以后你坐着的时候，最好要注意自己的两条大腿。女人分开两条大腿是不好看的。"

我说："你说了这么多个大腿，但我今天穿的不是裙子。"

韩子煊说："穿裤子也应该闭着两条大腿。"

我笑着说："我是中国的女人。中国的女人不在乎两条大腿是合上的还是分开的。"

韩子煊说："依我看，这就是国民性。有一本书叫《丑陋的中国人》。"

我说："也有两本书叫《丑陋的韩国人》和《丑陋的日本人》。哪国人都是丑陋的。"

韩子煊不说话了，我看了看他，他正迈着庄严坚定的步伐，路过车站附近的一棵碧绿的大树。空气清新，天空是蔚蓝色的。看见惠比寿三越的时候，韩子煊还想继续说什么，我赶紧打断他，用手指着惠比寿三越说："朝鲜族人，我想去三越买点儿生鱼片。妈妈来了有一阵子了，总是怕妈妈不适应吃生东西，今天，我看中国菜就免了吧。"

像往常一样，我带韩子煊去了惠比寿三越。

………． 为了妈妈的签证走后门

无论我流浪到哪一个城市，我总会邀请妈妈，跟我共同住上一段时间。我带妈妈到各个观光地去游玩儿。我带妈妈吃各种风味。我给妈妈买漂亮的衣服。我经常会问妈妈是不是很幸福，妈妈也一而再再而三地回答说，她所有的快乐都是我给予她的。妈妈说："知足了。"

我最大的幸福就是爱妈妈很深。和妈妈开玩笑的时候，我常一边大笑着一边对妈妈说，我是你的太阳，你的月亮，你手指上的钻石戒指，你脖子上的铂金项链。妈妈说，你比钻石和铂金还宝贵呢，你可是妈妈的梦想，妈妈未能实现的梦你都替妈妈实现了。

有时候，我突然间会产生太多的歉意。妈妈是第一个喂我吃饭的人。妈妈是第一个牵着我的手带我上街的人。妈妈是第一个为我流泪的人。我从小到大分不清东西南北，至今仍然不识五线谱，看电视的时候，常常不知道新闻报道的是什么意思，动不动就将自己的生活搞得混乱不堪,而我总是可以毫不在意地将所有的乱七八糟交给妈妈。

妈妈是朦胧中的一种抚摸,好像那一次我得了美尼尔眩晕症。我跑了八家医院,胳膊被针扎黑了也无济于事,到了妈妈身边,只在妈妈的膝盖上睡了一个星期病就好了。有一种穷尽不及的力量在妈妈身上,这种力量又牵引着我。对于我来说,人生的意义是内心的感觉和感知。我爱妈妈,妈妈便源源不断地施感觉与我。感觉不尽,人生的意义不尽。惠比寿花园广场是我的梦想停留的地方,所以我要妈妈来惠比寿。

还记得妈妈来日的那一天,我跟韩子煊去接机。直到妈妈的身影出现在成田机场,我的心一直都怀揣着不安和恐惧。我不敢相信妈妈真的出现在成田机场。妈妈的脸上带着不确定的不安的神情。我和妈妈在目光对视之后,闪电般地握住了对方的手。我一连声地问,妈妈你是怎么来的?你怎么过的海关?你怎么对付那些日语?我的想象力被妈妈真的来了的事实击得丰富起来。一个勇敢的妈妈忽然拥有了天使的翅膀。妈妈就站在我的眼前。

妈妈比几年前小了很多,头发几乎全都白了。这个感觉有点儿像秋天的风,吹过了之后,全身都浸着凉意。如果不是在机场,不是在那么多的人面前,如果不是怕妈妈害羞,我真想抱抱妈妈。妈妈用一种只有妈妈才可能有的温柔的目光看着我。终于有心情细细打量妈妈的时候,我发现妈妈的衬衫下有一条红绳子垂下来。妈妈出门时喜欢用红绳代替腰带。妈妈相信红绳是一种吉祥物。天，妈妈一路上，就是这样垂着红绳腰带，来到我的面前。想控制也控制不住了，我将妈妈抱在怀里。妈妈轻得没有分量。我知道，独自踏上来日本的旅途，已经使妈妈用尽了她所有的力量。妈妈已经没有能力顾及其他了。我觉得，妈妈一定也是和我一样，一定有过不安和恐惧。不过其他的一切都不重要。重要的是妈妈来了，在我身边。所以我要妈妈在惠比寿的一段时间里快快乐乐。

一转眼，妈妈在日本的逗留时间，只剩下一个月。一个朋友告诉我说，如果有正当理由的话，妈妈的签证可以再延期三个月。我从网络上确证了这个说法是真的。想起吕平办签证的时候，韩子煊在山下那里搞来假的雇佣证明书，于是问韩子煊有没有认识的医生，如果有的话，是否可以请医生为妈妈开一张诊断书，诊断妈妈的血压比较高，一时不适合乘飞机。

没想到，韩子煊很爽快就答应下来了。过了一个星期左右，韩子煊说妈妈办签证所需要的诊断书开出来了，要我跟他一起去取，顺便见见他的那个朋友。

我忘记韩子煊的朋友住在哪里了。也许是品川。记得我们是乘电车去的，中间换了两次车，一次坐得时间比较长，一次坐得时间比较短。反正是东京的某一个地方。车到站的时候，我觉得车站附近的人很多，但是，路上经过了一小段高地后，人就少起来了。在一所小学校的附近，韩子煊用手指着一幢白色的二层小楼，告诉我那就是他朋友的家了。

在见到韩子煊的这位朋友之前，我已经感觉到这个朋友对于韩子煊来说，是不同寻常的。因为，韩子煊跟见其他朋友的时候不一样，应该说他比较谨慎，或者说他怀着看上去比较庄重的一种心情。我本来想用信封包三万日元，用来表示我的谢意，但是韩子煊说不能用钱做谢礼。韩子煊带我去惠比寿三越商店，在卖各种糕点的地方，亲自挑选了答谢的礼物。礼物的名字叫卡斯提拉，是一种自16世纪开始在日本长崎发展起来的蛋糕。通常为长方形，主体呈淡黄色，上层有一层薄薄的饼皮，底部也有一层薄糖皮。贩卖时切成长条，吃的时候切成小片。制作蛋糕的材料十分单纯，只有小麦粉、蛋黄和砂糖。蛋糕看上去像海绵。我不喜欢甜食，所以第一次知道卡斯提拉。没想到文明堂的卡斯提拉这么贵，一条要六千五百多日元。韩子煊买了两条，一路上小心翼翼地提着。直到按过了门铃，韩子煊才把装着卡斯提拉的纸袋交给我。韩子煊嘱咐我，进了门，到了二楼以后，再把纸袋交给他的朋友。

按了门铃以后，很快就有人在里面应声，要我和韩子煊稍等一下。但是，我跟韩子煊等了很长时间。我开始有点儿担心的时候，门终于打开了。我看到韩子煊的朋友是一位个子高高的、瘦瘦的、年纪很大的老头子,看上去弱不禁风。老头子的双眼扫描机一样,把我从头到脚地扫了一遍,他的微笑令我无缘无故地感到温暖。韩子煊对老头子介绍我,说我是他的女朋友。接下去,韩子煊对我介绍老头子,说老头子是朴教授。我忘记韩子煊叫我到了二楼以后才递上纸袋的事,竟然慌张地用双手把纸袋交给了朴教授,告诉他礼物是我跟韩子煊的一点心意,请他收下。朴教授接过纸袋,对着我和韩子煊说了声谢谢。韩子煊又从朴教授的手里接过纸袋交给我,让我提到二楼。我肯定地说,所谓的礼仪,有时候其实就是折腾人。

朴教授带我们去二楼。上楼梯的时候,朴教授的一只手用力攥着安装在墙壁上的扶手。即使是这样,朴教授还是上一层台阶就休息一下,好像每上一层台阶都用尽了他全身的力气。韩子煊跟在朴教授的身后,小心翼翼地挽着他的腰。

我不由得感到内疚,想说一声抱歉,却没有说出口。

到了二楼的房间后,朴教授的行动一下子自如好多,他微笑着让我们坐到饭桌前的椅子上,告诉我们不要客气,想喝什么的话就告诉他。韩子煊对朴教授说不要客气,因为我们还有其他的事情要办,只能坐一小会儿,马上就得走。朴教授问我和韩子煊想喝咖啡还是想喝茶。我说我想喝茶。

韩子煊站起身,让朴教授坐在饭桌前的椅子上,自己去厨房冲茶。实际上，韩子煊真的连茶和茶杯放在什么地方都一清二楚。韩子煊冲茶的工夫，朴教授把我跟韩子煊带来的礼物打开，看到卡斯提拉，显得很高兴。朴教授说卡斯提拉有很多种类，很高兴我们买的卡斯提拉是他最喜欢的那一种。

我跟韩子煊坐在朴教授的对面，三个人一边喝茶一边吃卡斯提拉。

"我们有多少年没有见面了？"朴教授问韩子煊。

"很久了。有几年了。"韩子煊说。

"你现在还住在惠比寿吗？"

"对。只是刚刚将事务所搬到了车站的东口。"

"是惠比寿花园广场的那个口吗？"朴教授问。

"是。"韩子煊点头。

"那个地方好。"朴教授将目光转向我，接着说，"惠比寿跟涩谷只差一站，涩谷是年轻人的街，你年轻，所以你会喜欢涩谷。但是，惠比寿不同，惠比寿是各个年龄层的人都喜欢去的那种街。拉面和啤酒有传统。东口的建筑是欧式的和最现代的，西口却处处残留着昭和时代的面影。惠比寿在表面上看上去十分喧嚣，深入进去的话，其实到处都可以找到令人感到安堵的空间。"

于是，我向朴教授讲了几年前的那个夏夜，我站在惠比寿花园广场的那个瞬间。朴教授不断地点着头,说他理解我当时的心情。听到心情两个字,我的心里又震动起来。我也吃了一块卡斯提拉,觉得还是无法喜欢甜食。我接着喝茶,无缘无故地想笑。我笑的时候,韩子煊对朴教授说:"她经常是这个样子,说高兴就高兴起来。"

朴教授说,天真对于年轻人来说,不是坏事。接下去,朴教授告诉我,有两个地方,都在惠比寿花园广场,有时间的话,一定要去看一看。一个是东京都的写真美术馆,是日本国内唯一的摄影的专业美术馆。还有一个是位于美术馆楼下的影视厅,终年放映着只有在美术馆才能有的高品质电影。朴教授问我去没去过这两个地方。我说没去过,还说连名字都是第一次听说。朴教授看韩子煊。韩子煊看了看我,犹豫了一下,对朴教授说看不看电影还不知道,但是今天晚上就带我去美术馆。

朴教授看上去很满意,对我说一个作家如果想写出好东西,多看看,多走走,都是很有帮助的。我说我的一个朋友告诉我,每天拿出六个小时读书写作,就像每天上班似的,坚持下去,多则十年,少则七八年,基本上都会写出像样的书,成为作家。朴教授听了后哈哈大笑。这时,我发现电视机的旁边有一个不大的书架,问朴教授我可不可以看看都有些什么样的书。朴教授说可以。我走到书架前,随便地抽出一本书。看了书名后,我有点儿吃惊。我把书递给韩子煊说:"啊,你看这本书的名字,是《在日朝鲜人》。"

韩子煊笑着把书放回书架，告诉我朴教授在退休前是日本明治大学的教授，专门研究亚洲的历史，有很多成果，出版过好几本书。韩子煊说："以后，你再出书的话，可以让朴教授给你写个序。"我立刻说一言为定。

朴教授微笑着吃了一块卡斯提拉，说他是研究历史的，不敢给文学作品写序。这时我跟朴教授提起在日朝鲜人，说我想了解一下在日朝鲜人到底都是些什么样的人。朴教授说如果我真想知道的话，他愿意把书送给我。韩子煊问我要不要朴教授的书，我说要。韩子煊让朴教授在给我的书上签了名。我说韩子煊也是在日朝鲜人。朴教授说："不对。韩子煊不是在日朝鲜人，是居住在日本的朝鲜族人。"我摊开两只手，对朴教授说我始终难以搞清朝鲜族人和在日朝鲜人有什么区别，以为明白了，其实是越来越糊涂。朴教授说在日朝鲜人是指固定的一群人，而在日朝鲜族人既可以是韩国人，也可以是朝鲜人，也可以是中国人。韩子煊让我回家以后拜读朴教授的书，再好好理解不懂的事情。

谈话的途中，韩子煊好像想起了什么，突然对我说："你还记得我跟你说过一百名教授为我申请永住签名的事吧。一百名教授里，就有朴教授。不仅如此，找一百名教授签名办日本永住的主意，也是朴教授帮我想出来的。"

我很惊讶，慌忙站起身，向朴教授鞠了几个躬，连声说谢谢。

朴教授左右摆摆手说："千万不要对我说谢谢啊。韩子煊跟我一样，我们都是朝鲜族人。我也出生在韩国，他跟我说过他父亲在韩国的事。但是，那个时代早已经过去了。时代变了，好多事情也就跟着变了。总会有那么一天，韩子煊可以像回家似的去韩国。时代只能是越来越好。"

虽然朴教授说话慢悠悠的，听起来没有底气。但是，朴教授不愧是研究历史的专家，有真知灼见。除了意识到韩子煊和朴教授认识了很久，我还发现，韩子煊第一次在他人谈及在日朝鲜人的时候，不插嘴，也不表态。不知道是因为什么，但我不想深思下去，深思下去会撩起我自己心底飞扬的另一片土。

韩子煊和朴教授开始谈一些我不知道的人和事，我因为插不上嘴，开始慢慢地打量朴教授的房子。朴教授的小楼坐北朝南，光线从南窗射进来，房间十分明亮。一层墙壁将房间分成厨房和客厅。客厅里，除了饭桌、椅子和一台电视，什么都没有。壁纸都是白色的，饭桌是白色的，椅子也是白色的。阳光射进来，房间显得更加白了。或许因为我觉得朴教授的身体不太好，所以好像身在医院的病房里。

也许是朴教授看穿了我的心思，突然对我说："我肾脏不好，每两个星期都要去医院做一次透析，好多东西不能吃，酒也只能喝一点儿红葡萄酒。"

我觉得朴教授的牙也许是假牙,他说话或者微笑的时候,牙齿发光,好像象牙那种灿灿的光。韩子煊看着我说:"朴教授有一个儿子,也在大学做教授。因为结了婚,买了房子,所以没有跟教授一起住。"

朴教授说:"其实,我儿子就住在我的隔壁,每天都会来看我。我的儿媳妇也很孝顺,每天都会来我这里给我做饭。"朴教授拿起放在桌子上的钥匙,在阳光下晃了晃,白色的蝶一样的影,在墙壁上来回地跳动着。"他们有我家里的钥匙。他们一直都叫我搬到他们那里去住,我一直都不肯去。介护病人是非常折磨人的事,某种意义上跟拷问差不多。我希望能够将这种折磨控制在最小程度。"

当韩子煊对我说我们应该离开的时候,朴教授从面巾纸箱的下面抽出一个信封递给韩子煊说:"你要的诊断书在信封里。"

韩子煊说:"谢谢。"

朴教授看着我说:"打开信封看看,你妈妈的名字、生日,有没有错。有错的话,我再找医生。"

韩子煊打开信封,将诊断书递给我。我看了看妈妈的名字和生日,对朴教授说:"没有错。"

朴教授说:"没错就好。你爱你妈妈吗?"

我说:"当然。我爱我妈妈。"

朴教授说:"这就好。很好。"

我跟韩子煊是一大早从惠比寿出发的。走出朴教授的家时，太阳已经高高地挂在头顶，慢慢地，天空的热气开始烤得我全身发热。我还发现正走在刚刚修好的一段柏油路上，黑色的路面亮晶晶的，好多地方闪闪地发光。韩子煊一声不响地走在我的身边，我歪过头看着他说："有了这张诊断书，妈妈的签证就可以延期了。谢谢你。"

自从我朝韩子煊的脸上吐过唾沫，我还是第一次对他表示谢意。这一段时间，韩子煊还是常常去楼上给吉田按摩，我老是想那条令我觉得恶心的毛巾，想他摸美月屁股的事。但是，一件事归一件事，毛巾和屁股，并不妨碍我感谢他为妈妈搞来诊断书的心情。韩子煊看样子很高兴，他用右手拍拍自己的左手腕说："我的手腕高。"的确，类似于这种钻空子的事，一般的人很难办得到，而我拜托韩子煊的两件事，吕平的事成功了，妈妈的诊断书也到手了。

过了一会儿，韩子煊对我说："有一件事拜托你。下个星期，你休息的时候，我想让女儿到惠比寿的家里来玩一次。"

我停止脚步，惊讶地问韩子煊："可是，你不是说，她妈妈带着她出走的，你根本不知道她们母女在哪里吗？"

韩子煊说："是女儿突然来电话联系我的。她妈妈也许不知道。"

沉默了一会儿，我问韩子煊："你女儿，几岁了？"

"16岁。"

"你跟你女儿,你们几年没有见面了?"

"我和她妈妈离婚后就再没有见过面。"

马上就到车站了,人比早上出门的时候多,车站很拥挤。我对韩子煊说:"如果你女儿愿意来,我不在乎。"我想了一下,补充说:"如果你觉得我不在家比较好的话,我可以去外边看看电影。"

韩子煊说:"我安排在你休息的日子叫女儿来,就是想我们三个人一起聊聊,一起吃顿饭。"

我说:"是这个样子啊。谢谢你。如果你希望我买什么菜,或者肉,或者鱼的话,请你列个单子给我。"

韩子煊说:"谢谢你。"

电车来了。我和韩子煊跑了几步上了电车。电车里的座位空着好多,我和韩子煊并排坐下来。我意识到,等我跟韩子煊换两次车,回到惠比寿的时候,正好是吃午饭的时间。这样想,我的肚子竟开始咕咕地叫起来。为了答谢韩子煊帮妈妈开出诊断书,我决定午饭请他去有积分卡的那家拉面店吃拉面。关于那家拉面店,我想起我已经好长时间都没有去过了。

……… 真实不是韩子煊的亲生女儿

韩子煊大声地说:"真实来了。"

我从厨房跑到门口,笑着对真实说,我已经等了她大半天了。真实向我问好,将一个纸袋递给我,然后舔了一下红红的嘴唇说:"我给你们带来了这个。"

我谢了真实。接过纸袋的时候,真实说纸袋里装的是冰激凌,最好马上放到冰箱的冷冻室里。我一边去冰箱那里,一边用手指了指沙发,对真实说:"你随便坐,先跟你爸爸说说话。你想喝什么就对你爸爸说。冰箱里什么都有。我去准备饭,不会花太多时间。"

真实跟韩子煊进客厅,我去厨房。真实在沙发上坐下。韩子煊从冰箱里取出橘汁,倒了一杯给真实。其实只剩下两个菜,我是怕提前做好了,放凉了,就不好吃了。鲤鱼的内脏、鳃还有尾巴已经去掉,鱼身上的斜道口也切好了。准备红烧鲤鱼的时候,韩子煊来到我的身边,小声地告诉我他想烧鱼。

我看了看客厅里的真实，低声对韩子煊说："你跟你女儿，你们这么多年不见，你应该陪你女儿说话。我觉得你们应该有说不完的话才对。"

韩子煊的脸红起来，我还是第一次看到他说话会结巴，他说："我想亲自做几道菜。如果不算给你添麻烦的话，我希望你能跟她聊几句。"

我想了想说："好吧。"

韩子煊看上去难为情地说："你知道，我跟真实，这么多年没有见面。离婚的时候，真实还是一个很小的小女孩。刚才在车站，我差一点儿没有认出她来。所以，我不知道应该跟她说什么，怎么说。你先跟真实说说话，帮我过渡一下。"

我不再说话，默默地将手里的鱼放回菜板，又在毛巾上擦干了两只手。我脱下围裙，去客厅，微笑地坐在真实对面的沙发上。我跟真实脸对脸了。我用鼻子闻了闻手，说鲤鱼搞得我满手都是鱼腥味。接下去我笑着对真实说："你爸爸要亲自为你红烧鲤鱼。看来你爸爸想在你面前露一手。"

真实笑了。我说："我还没有吃过你爸爸的红烧鲤鱼呢。这次还得谢谢你。"

我说的是真的。真实还在笑。真实长着一对细而长的眼睛，眼球很黑，单眼皮。我不喜欢双眼皮，所以觉得真实长得挺好看。真实的肤色很白，可能是刚走过路，脸颊有些发红。真实的个子不高，看上去令我不由得想起小动物科里的小松鼠。和韩子煊一模一样的神情,证明了真实和韩子煊的父女关系。五月的上午,不冷不热,朝南的窗开着,阵阵微风从窗口吹进来。我觉得很舒服。我问真实:"你到惠比寿来,路上花的时间长吗?"

真实立刻回答说:"不算长。也就半个小时左右。"

我问真实:"你是从哪个车站来的?"

"新大久保。"

"新大久保?!"我感到很意外,"你在新大久保住了很久了吗?"我有点儿兴奋。

真实说:"六年了。"

之前,韩子煊的确跟我说过他离婚有六七年了。我将我跟韩子煊在上个星期,刚刚去过新大久保的事隐瞒起来。我只说我去过新大久保。话赶话,我跟真实就谈起新大久保来。我说新大久保像袖珍的韩国,到处都是韩国人的店铺和韩国人。我开始说起没有吃过的干烤牛仔骨和酸奶似的马格利酒。这时,韩子煊端着烧好的鲤鱼从厨房出来,把鱼放在饭桌上,说:"你们两个人先不要说话了。鱼已经烧好了,你们先吃。"我明白韩子煊的意思,难为情地看着他说了声抱歉。韩子煊说:"没关系。"

吃饭的时候,真实问我:"你会跟我爸爸结婚吗?"

我耸了耸肩,故意轻描淡写地说:"好多人问过我这个问题。我的好朋友。我妈妈。我都说不知道。以后的事,我不敢保证。"

真实不自然地点了点头。韩子煊不断地往真实眼前的盘子里加菜,一句话也不说。我几次示意韩子煊跟真实说话。我盯着韩子煊看的时候,他就去冰箱那里拿饮料和红酒。不过,这一次,我不想让韩子煊躲过去了,我对他说:"真实这个名字,是你取的吗?我倒想听听,你为什么给一个女孩子起了一个这样的名字。"

韩子煊勉强地笑着,不说话。真实接过我的话,说:"懂事后,人家叫我的名字,我都会觉得是在告诉我你不能说谎。时间长了,反而觉得自己是一个会说谎的人,所以人家才这样叫我。"

我说:"好可怜。你爸爸给你起了一个伤害灵魂的名字。都怪你爸爸喜欢做白日梦。"

韩子煊抬起眉毛,举起酒杯跟我和真实碰了碰杯。我感觉韩子煊想换话题。果然,韩子煊问真实喜不喜欢看书。真实说谈不上喜欢,但是也看了一些书。韩子煊告诉真实我写了两部小说,因为出的是日文版,所以如果想阅读的话,可以送给她。我去隔壁的房间拿书给真实,她翻开书,直接找到作者简介的那一页。我的简历部分,真实看得很仔细。看完后,真实什么话也没有说。我问真实:"你要带一本回去吗?"

真实说不用了,但是她加了一句话,说她日后想看的时候,会自己去书店买。我问真实读不读小说。真实说读。我问真实喜欢哪个作家的小说,她回答说:"金城一纪。"我的眼光越过桌面,看着真实,也许我看了很长时间。我说我知道金城一纪,是一位拿到直木奖的作家。真实说:"这个作家,是在日朝鲜人。"

真实把我没敢当着韩子煊的面说的话先说出来了。我看了看韩子煊,但是他的神情并没有什么特别的地方。于是我接着说下去。我还记得金城一纪获奖的时候,我在报纸和网络上,看到好多关于他的消息。好像金城一纪的小学和中学是在日朝鲜学校,但是,上高中的时候,他把国籍由朝鲜改为韩国,以国籍更改为机,他在高中去了普通的日本学校。

也许韩子煊自己都没有意识到,他的神情是一点一点地生硬起来的,不易被察觉。但是,我还是感知到了。我希望这顿饭能够吃得开心点儿。我换了个话题,问真实的高中是什么学校。真实说她上的是日本的公立学校。我拍了拍真实的头,说公立学校的学费便宜,能考上公立学校的基本上都是天才。真实露出天真的笑容,告诉我为了考公立高中,她拼命学习,拼命的程度太厉害以至于她妈妈因为担心而劝她休息一下。真实第一次在我跟她的对话里提到她妈妈。我的心情也轻松起来,代替韩子煊往真实的盘子里加菜。真实也不客气,每次都把我加给她的菜一扫而光。说到学费的时候,真实说虽然学校不赞同,但是,她得到学校的同意,每个星期三、星期四的傍晚和星期六的全天,在一家面包店里帮忙,主要是收钱,工资虽然不多,但是足够通学的交通费。我想起穷人的孩子早当家这句话。一个单身的女人带着孩子，在哪个地方都不是一件容易的事。我看见真实的手腕上系着好看的链，是用各种颜色的绳子编织的，在东京的少男少女之间很流行。我问链是在哪里买的，真实说在原宿买的。虽然我还没有去过原宿，但是，谁都知道原宿是日本年轻人的流行的天国。我想起在见到真实之前，有一种隐隐的说不清楚的担心，话说到此，我不知道有什么需要担心的事了。

谈到将来，真实说她不打算上日本的大学，想去韩国留学。我吃了一惊，意识到我说不清楚的，隐隐担心的事来了，还是来了。韩子煊僵硬在椅子上。同居以来我还是第一次看到韩子煊会发硬，我想他受到的惊吓比我的要大。到了这种时候，我觉得我是外人，夹在父女之间，不说话才为上策。韩子煊喝了一大口酒，可能是呛到气管了，咳嗽了好长时间，眼泪都流出来了。所以跟真实说话的时候，韩子煊的声音听起来又细又弱。韩子煊说："你去韩国旅游没有关系，但是去韩国留学的话，要想好了再决定。"

真实说："我本来应该在韩国出生。我想看看我本来应该在的那个地方。"

我觉得真实是给了她爸爸致命的一击。韩子煊说："你去旅游，同样可以看看韩国。"

真实说："我想的看看，跟你说的看看，应该不是同一回事。实质不一样。"

"但是。"韩子煊开口了。

"但是,我常常忍不住地想,如果我是出生在韩国的话,我的生活应该跟现在的生活完全不同。应该是什么样的生活呢?我完全想象不出来。因为想象不出来,所以老是被韩国纠结着。"

韩子煊抬高声音叫了一声"真实"。

真实不让韩子煊说下去:"我已经决定了。我在面包店打工,也是为了存去韩国留学的学费。"

韩子煊不说话了。真实沉默下来。没有人动筷子。这一刻非常安静。我觉得有点儿压抑,不知道为什么,手心里都是凉汗。戒烟已经好几年了,这时候我却想抽一支烟。家里没有烟,我就冲了一杯咖啡。对于韩子煊来说,韩国是他想埋掉的往事,想连根拔起。而对于真实来说,韩国是她哀悼的现实,想寻找的根。

恨铁不成钢,我忍不住使劲儿地盯了韩子煊一眼,对真实说:"我想你爸爸是担心你。我也觉得,大学最好还是在日本上。至于韩国,不是不想你去。等你再大一点的时候,比如上大学院,或者有什么去韩国工作的机会。我觉得这样比较好。"

韩子煊声音沙哑,接过我的话,对真实说:"这个建议挺好,你不妨考虑一下。"

真实做了一个深呼吸,对韩子煊说:"谢谢你担心我。"

接下来又陷入安静。非常安静。我以为我理解韩子煊跟真实的心情，我差一点儿就会哭出来。安静是这个世界最深的地方，连接深处的是向前向前，永远向前的远方，人们在那里忘却往事和哀伤，在那里拥抱。我不想打破这么美好的安静，倒是真实看了看墙壁上的挂钟，对我跟韩子煊说："时候不早了。"

我也是这么想的，时候真的不早了。时间走得真快。真实突然说怕她妈妈担心，要走了。我递了一块湿毛巾给真实，让她擦手。我对真实说我本来想留她多待一会儿，或者留她在这里住一个晚上，但是，我也怕她妈妈会担心。

真实站起来，不说话。我想起真实带来的冰激凌，想让她吃了冰激凌再走。真实说她的肚子已经很饱，吃不下去了。真实往门口走，我跟韩子煊走在真实的身后。我自己也说不清楚，就是觉得心里有点儿难过，所以真实说谢谢我的款待时，我对韩子煊说我想送她去车站。韩子煊好像也希望我这样做，他看上去很高兴，说谢谢我，还说会把饭桌都收拾干净。打开大门的时候，真实跟我和韩子煊说再见。最后，韩子煊轻轻地拍了拍真实的肩膀，说："方便的话，随时给我电话。"真实点了点头。真实跟韩子煊，他们父女，不知道会不会有下一次见面。我跟真实从家里出来，关上门。

但是我装着忘记了带东西，让真实在大门口稍微等我一下。我返回家里，小声地问韩子煊："你有没有塞给真实几个钱？"

韩子煊摇了摇头，不太自然地说："没有。"

我皱起眉，二话没说走出家门。

我特地带真实从惠比寿花园广场绕了一下才去车站。我本来想带真实去喝免费札幌啤酒，但是真实不满二十岁，喝酒犯法，所以就没去。我带着真实穿过玻璃大楼，穿过三越，穿过广场后边的公园。公园里有几个老人在闲谈。秋千架上，一个小女孩抱着一条看上去像腊肠的大耳朵的小狗。穿过马路去车站的时候，真实对我说："新大久保也很热闹，但是，那种感觉跟这里的感觉不一样。怎么说呢？在新大久保，老是会想这想那，从来没觉得开心过。这里的热闹是我习惯的那种，所以我什么都不会想。"

我不敢回话。我去池袋北口的中国城的时候，感觉上是回国回家。我不懂真实对新大久保的那种感觉。真实穿了一件黑色的毛衣，牛仔裤，春天的风不断地吹拂着她的齐肩的短发。我微笑着对真实说："如果我没有猜错的话，你还是会去韩国留学。"

真实站住了，她问我："你是这么想的？"

我说："我是这么想的。"

"为什么？"

我说："我也不明白为什么。"

真实默默地走了几步，对我说："也许你已经从我爸爸那里听说了，我们之间并没有血缘关系。"

最初，我还以为是我听错了，真实又说了一遍："我跟爸爸不是亲生父女。"我很奇怪，真实跟韩子煊的神情是那么相似。

但是真实说:"我三岁的时候,那个人跟妈妈离婚了。我七岁的时候有了现在这个爸爸。"

我说:"没想到。你们两个人,看起来,长得是那么像。"

真实解释说:"可能因为你是中国人,所以你觉得韩国人长得都是一个模样。这好像狮子看老虎,在狮子的眼里,所有的老虎长得都一样。"

我恍然大悟。我能在千千万万的人群中,一眼认出哪一个人是中国人,原来因为我是中国人。我觉得一股凉气蹿到脊背,身上起了一层鸡皮疙瘩。还有,我们走得并不是很快,但我觉得上气不接下气。我用上牙齿用力咬着下面的嘴唇。这时候,一张纸币随风滚到我的脚下。来日本后还是第一次遇到这么好的事,虽然惶惑,我还是弯腰拾起了被折叠成对半的一千日元。

"三年,这个爸爸养育了我三年。"好像真实知道我会问她什么问题似的,她接着说:"去不去韩国是另外一回事。其实,我很高兴爸爸会担心我。"

我沉浸在冥想中,嘴上却说:"当然。当然会高兴。"

真实说:"听妈妈说,那个人是在日朝鲜人。我不记得他的样子。"真实称她的亲爸爸为"那个人"。

走上直线扶梯的时候,我觉得头晕目眩,于是用手握住扶手。

真实跟我说再见的时候,我叫住她,她那时正好站在车站的存物柜前。我想起韩子煊曾经把我的存折和护照藏在里面，倒吸了一口凉气。我从钱包里拿出三万日元。我把钱递给真实说："这是我的一点心意。我们中国人讲究见面礼，这是我给你的见面礼，所以你不要推辞。"

真实接过钱，反复抚摸了几次，将钱放到她的钱包里。真实支吾地说："谢谢你。其实，我有几句话想问。但是，不知道应不应该问。"

我说："现在只有你和我两个人，随你的便。"

真实说："我爸爸，他现在的工作安定吗？"

我说："这个问题不太好回答。你爸爸看上去很忙，总是在中国和日本之间跑来跑去的。"

"跟妈妈离婚的时候一样。"

我不说话。我不知道真实为什么还不走。真实望着车站里出出进进的人，好像不是对我说话似的说："爸爸他，借有好多债。你知道吗？"

我说："知道。我经常接一些电话，要我帮你爸爸还钱。"

"原来爸爸没变，还是原来的样子。"真实低垂着头，看着自己的脚。她接着说："我还以为这么多年过去了，爸爸有所改变了呢。"她突然抬起头来看我："你不害怕吗？"

我心里震动了几下，说："有时候会害怕，觉得你爸爸像定时炸弹，会把他自己和我一起炸了。"说完后，我立即后悔跟一个未成年的孩子说这种话，于是接着说："你爸爸一定也想改变的，只是你爸爸的运气不太好。"我笑了笑说："是运气。好像刚才，我捡到一千日元。丢钱的人必是运气不好。你爸爸他，好像一条狗，迷了路……"我尴尬地说不下去了，这些话，毫无意义。

我不知道真实是否注意到我的尴尬，她的表情生硬起来，对我说："我真的要走了。"

我不断地点头，说："好。你走吧。不知道我们什么时候能够再见。"

我以为真实会跟我说再见，但是她低声地说："世界这么大，世界又这么小。除非我们在哪里偶然相遇。"

我知道真实是在告诉我，她不想再见到韩子煊跟我了。我应该难过才对，但是，不知为什么，我感觉好像有一块石头落地，心里竟一下子轻松起来。我对真实摇了摇手说："多保重。"

我看到真实迟疑了一下，但结果什么都没有说。真实站在我的对面，对我鞠了一个躬，有九十度，跟日本人似的。我知道，再不走的话，我的眼泪就会涌出来。我干脆头也不回地走掉了。

回到家，我觉得肚子里是空的，刚才吃过的东西不知跑到哪里去了。韩子煊已经将饭桌收拾得干干净净，他换了一件格子衬衫，样子看上去很高兴。从他的口中蹦出了"谢谢你"三个字，我第一次觉得他是带着诚意说出来的。我想回答说算了吧，但我将两臂交叉在胸前苦笑了一下。与此同时，我察觉内心有一种主动生出来的怜爱之情。之后,我在厕所里吐了好久。不知道觉得是空着的肚子为什么会吐。从厕所出来,韩子煊坐到我的身边,嘟囔着说:"真可惜,那么多的好东西,都被你这样吐掉了。"

我做了一个深呼吸。好东西都被吐掉了,我却因此而觉得内心得救了。

……… 惠比寿是一只流浪猫

早上，我醒过一次。但我可能又打了个盹儿。这次，我被厨房里传出的锅碗声吵醒。妈妈开始为我们做早饭了。我起身去厨房，想确认一下妈妈今天去不去公园。妈妈围着我的围裙，说她吃过饭就去。妈妈去公园，是因为公园里有一只小狸猫在等她。妈妈跟公园里的猫成了好友，每天上午八点和晚上七点，妈妈会拿着一罐水、猫粮和两个塑料饭盒去喂猫。妈妈和猫相会的地方是公园长椅后的草丛。两个塑料饭盒，是我从百元均一的店里买来的，一个装水，一个装猫粮。妈妈带我去见过那只猫，不难看也不好看，灰不溜秋的，满大街和公园的野猫里，最常见的就是这种猫。我给这只猫起了个名字，叫惠比寿。因为它出生在惠比寿公园，又在惠比寿公园与妈妈相遇。还有，在日本生活过的人，都知道日本的七福神话。惠比寿是神话中的福神之首。传说惠比寿是从遥远的异乡而来，身着猎衣，满面笑容，右手持渔竿，左手抱鲷鱼，可以保护人们旅途平安，并给人们带来福气。

惠比寿能跟妈妈相遇,而妈妈如此爱它,所以我觉得它是有福的。

惠比寿吃饱喝足了,会在妈妈的膝盖上趴着,有时会睡一觉。我上班,白天基本上不在家,但是妈妈也没有觉得太寂寞,因为有惠比寿陪着妈妈。日本经常下雨,即使下雨,惠比寿也一样在长椅后的草丛里等着妈妈,全身的毛被雨湿透。下雨天,妈妈会拿两把伞和一条毛巾去公园。妈妈自己用一把伞,另一把伞撑开放在地上,猫粮放在伞下,惠比寿在伞下吃猫粮。妈妈用随身带去的毛巾把惠比寿的身体上的雨水擦干。下雨天妈妈总有点儿魂不守舍。

妈妈动不动跟我说起她回国的事,担心她离开日本后,惠比寿在公园里等她。我知道惠比寿会等妈妈,只是猫很聪明,几次等不到妈妈的话,自然就不会等下去。但是,妈妈对惠比寿的担心却会永远持续下去。为此,我告诉妈妈,哪天她在日本住腻了,想回中国了,我会在她回国之前,把惠比寿接到家里来养。

妈妈准备早饭的时候,我一直在想怎么跟韩子煊开口,怎么谈。韩子煊的习惯是早睡早起,这个时候他坐在饭桌前的椅子上,一条腿跷在另一条腿上。韩子煊的手里拿着一本杂志,杂志盖着他的半张脸,睡裤的裤脚下露出藏青色有红色线条的袜子。韩子煊一直以来只穿过黑色的袜子,也许他以为黑色的袜子可以搭配所有颜色和款式的衣服。我觉得黑色太单调，在韩子煊过生日的时候，特地去服装店，买了这双藏青色有红色线条的袜子送给他。

妈妈去公园后，我起来刷牙。刷完牙开始吃早饭。我就着妈妈做的炒鸡蛋和火腿把面包吃了。我吃得很快，还喝了一杯酸奶。我吃饭的时候，韩子煊已经坐在沙发上看电视了。

韩子煊说："你看，现在的中国人，跑到日本来就是为了大把大把地花钱。中国人什么都买，保温杯、可以洗屁股的马桶的盖子、湿布、救心丸、染发剂、半导体。来日本的中国人看上去都是大腕。"

韩子煊说得对，我也是这么想的，来日本的中国人手里都是钱。但是，人家手里的钱是人家的钱。韩子煊整天想的，就是怎么把这些中国人的钱转到自己的腰包里。说真的，我不太喜欢看这一类的报道，看了后心痒痒，后悔自己当初抽风似的跑出中国，然后灰心丧气的。

我不说话。韩子煊看上去比较兴奋地说："我很了解这些中国人，也知道怎么跟这些中国人打交道。"

我偷偷地看了一下墙壁上的时钟，妈妈去公园已经一刻钟了。我没有心思跟韩子煊聊中国人的事，还怕他借着这个机会又跟我提投资的事。我赶快站起身，端着空了的盘子去厨房。

从厨房出来的时候，我对韩子煊说："昨天夜里，我睡得不太好，一直在想真实的事。"

韩子煊问："什么事？"

"真实这个孩子，不知道是哪里，好像跟现在的年轻人不太一样。"

"你是指她想去韩国留学的事吗？"

"不是这件事。我身边有好多年轻人，也去海外留学，我从来也没有觉得有什么特别。但是，昨天看过真实后，一下子就觉得她身上有什么不同，这个不同是那么明显。"

"真实的事，你不用想得太多。"

我沉默了一阵，一直在想真实跟我分手前说的关于韩子煊的那些话。我说："我想跟你好好谈谈。"

韩子煊说："你说吧。"

我说："我希望以后也可以跟真实见面，但是，再见到真实的时候，我希望你有所改变，至少能够跟现在不同。"

韩子煊关掉电视，一声不响地看着我，眼光里透着冷漠。韩子煊因为我一直不肯给他投资，对我有些成见。过了一会儿，韩子煊有点儿不太高兴地说："我现在的样子有什么不好。我每天不是活得挺好。"

"说真的，你的公司，实质上在我们决定退掉你以前的两间办公室，把'家'搬到这里来的时候，就已经不存在了。我觉得，你不能老是现在的这个样子。"

"什么样子？"

"今天找这个人投资，拿了钱去中国又吃又喝。这个人走了，再找下一个人投资。你有没有想过，你想成功的话，必须把这些人当作真正的朋友，一直留在你的身边。"

"你是说我在骗人吗？"

我将准备好的一张纸拿出来。一个月前我就开始做记录了。我想这个记录，会像我常常用脚踹拳击沙袋上韩子煊的脸一样，一下子踹痛他。我说："我得让你看看这份电话记录。"

韩子煊看着我，等着我告诉他都记录了些什么事情。

"虽然你不让我接电话，但是，对不起，家里的电话号码是我一直使用的号码，我的朋友们找我都打这个电话。"我把纸举到韩子煊面前，照着纸上写的念下去："一个姓金的人打给你的电话。说你借他们公司一千万元，让你还。我说你不在，姓金的说我和你住在一起，那么就是你的女朋友；既然是你的女朋友，就有替你还钱的责任。我已经告诉姓金的了，我没有钱替你还这么一大笔债。"

韩子煊从我手里抓过纸，从上往下，以很快的速度看完我写的记录。我问韩子煊："你不想解释吗？"

韩子煊说："不想。"

"为什么？"

"明摆着的事。"

我说："长春中医大学的南教授说，你带山下去谈项目，他那里跟学校把事情说好了,却联系不上你跟山下了。为什么?"

韩子煊站起来,在我的眼前走来走去。韩子煊说他跟南教授谈的项目是汉方化妆品的开发,说好了是中方出资,但是,南教授跟学校交涉的结果是日本单方面投资。韩子煊说山下本来是想投资技术,说好听了,就是卖技术,但是南教授那里又要钱又要技术。

我心里偷偷在笑,南教授就职的可是有名的中医大学,不是韩子煊煽乎几下就行得通的。中国富起来了,遍地都是机会。一些成功的日本人和一些不成功的日本人,都想在中国找发财的机会。我认为山下是一个不成功的日本人,靠着韩子煊,在中国找发展的机会。

我明知故问地说:"既然说到了山下,我就说说那笔机票的费用。你跟山下因为喝酒而没有赶上飞机的那一次,你也亲口告诉我,是山下刷信用卡买了新的机票。但是,回日本后,直到现在,你的机票钱为什么一直都没有还给山下呢?"

好极了。我终于把想说的话说出来了。天气很好,我知道妈妈会在公园待得时间长一点儿。妈妈是个知情达理的人,韩子煊在家的日子,妈妈总是在公园多待一阵子。

借钱还钱,这本来是常识性的问题,尤其这一次,最令我感到恼火的是,本来以为永远不会再见的吕平,却特地打电话来,告诉我韩子煊欠山下买飞机票的钱。根据吕平的建议,我说眼前山下是韩子煊唯一的工作上的朋友，不还钱的话，韩子煊就什么朋友都没有了。

韩子煊说："这事跟你没有关系。山下又不是你的朋友。"韩子煊不屑地把我做了记录的纸揉成团，抬起手，皮球一样抛到垃圾箱里，"这种东西，我怎么会在意呢？"

韩子煊的这种做法是无赖行为，于是我火冒三丈。先是我的头开始渗汗，接着是耳朵后部，汗水刷地一下流下来。奇怪只有额头是冰凉冰凉的。我抽了一张纸巾，擦了擦满头满脸的汗水。我憋着火儿说："山下不是我的朋友，但是，吕平是我的朋友。还有，张涛和赵祁是我的朋友吧。你竟然骗到我的朋友那里。你对张涛和赵祁说你要搞什么徐福研究会，要他们各自交五万会员费，你拿他们当傻子啊。五万，亏你想得出来。"我的声音从来没有这么响亮过。虽然张涛和赵祁跟我说这些事的时候，嘱咐我知道了就行了，千万不要跟韩子煊追究，也不要跟韩子煊说出是从他们那里听说的。我还是没忍住。

韩子煊接近冷笑地说："我并没有骗你的这些朋友，我只是提议他们入徐福研究会，至于入不入徐福研究会，是由他们自己作决定。我问心无愧。"

"诡辩。你办徐福研究会，是以亚洲文化交流中心的名义。你把《每日新闻》上发的文化交流中心的消息复印了好多份，分给我的这些朋友，还说我是会长。你打着我是亚洲文化交流中心会长的幌子，在我的朋友圈里招摇撞骗。"

韩子煊穿着一套米色的睡衣，那是妈妈来日本时带来的礼物。材料是真丝的，我也有一套，是粉红色的。但是，我现在真是觉得韩子煊不配穿妈妈买给他的这套睡衣，因为他看上去是那么丑陋，令我恶心。韩子煊的嘴角浮出一丝嘲讽，对我说："有一天，等你被人家骗了，你就会知道这个世界处在什么世道里。那时候，你就知道你现在是多么小题大做。"

"我已经被骗了。被你骗了。"我说。

韩子煊说："你被我骗了？我哪里骗得了你。我连你的一分钱都骗不走。八十万现金被你提走了。存折你用刀子逼回自己的手里了。给我投资的话你从来都不沾边。"

我听见胸口一阵阵激烈跳动的声音，一句话也说不出来了。我觉得自己真没有用，本来打算跟韩子煊谈谈他的人生，但是搞到现在的局面，我跟他互相憎恨。我想解释，但是我知道解释毫无意义。我站起身，走到窗前，给前几天刚刚买来的植物浇了点儿水。植物的名字叫幸福树，树叶细长，顶端像尖刀，一片片伸向空中。我坐回饭桌那里，喘了一口粗气，对韩子煊说："我们两个人，最好都冷静一点。"

韩子煊说："我很冷静。如果你的那些朋友肯交会费，成立徐福研究会就会变成是真的。"韩子煊的语气不容分辩，看上去比我还动情。

韩子煊是一个无赖。我想告诉韩子煊，如果真的有上帝的话，上帝会怜悯他，只有上帝才能够拯救他。但是，我知道，韩子煊和我一样，不信上帝。

我确信韩子煊已经上了日本银行的黑名单。在日本，欠钱不还或者还不起钱的人，会被银行或者专门放借款的金融部门列入黑名单。韩子煊早已经从银行那里拿不到贷款，也申请不到信用卡。正因为如此，韩子煊想通过投机或者取巧搞钱的话，只能是利用机会，或者是利用人，没有其他的办法。好像当初，韩子煊并非特地选中了我，是正好碰到了我。当时，在飞机里，坐在韩子煊身边的，可以是 A，也可以是 B。但是，这已经不再重要了，权当是我的倒霉的运气。

除了我知道的徐福研究会，剩下的，我也看到、听到并猜到了。言归正传，我对韩子煊说："单刀直入，你欠下的债太多，以你现在的境况，即使我奉上所有的存款，也无法还清你欠下的所有的债。"

韩子煊说："你一直不理解我。我需要钱，并不是打算用来还债的。我需要钱，是想用钱来做事。"

"你的公司明明就是架空的，连注册都没有。"

"注册很简单，我马上就可以去注册一个。"

"我知道，注册新公司的确简单，一分日元就可以注册了。

但是，光有公司没用，因为你没有具体的，能够说服人的项目。从南教授到山下，我已经看清楚了，给你投资也是白投。可能连个响都听不到。那些钱统统跑到中国的旅行社、饭店和卡拉OK去了。"

"你是这么看我的吗？"

"对。我就是这么看你的。我本来不想说出口的，但是你过于麻木不仁。"

韩子煊说："那么，我跟你，我们之间，还有什么好谈的事情吗？"

"当然有。我希望你回到从前。希望你回到你刚刚从偷渡船上下来，第一次踏上日本土地的那个起点。"说着说着我竟激动起来，"就好像我玩的游戏，没有玩好的话，我就从头开始玩，重玩一遍。重玩的时候，我会知道应该在什么地方避免什么了。"

说白了，我希望韩子煊活得有个人样。我跟韩子煊说了一件事。不久前，我去朱太太家里玩的时候，碰到了一个叫马丽的台湾女人。马丽的丈夫欠了银行和朋友好多钱，合起来有四亿多。追债的人太多，马丽的丈夫单身潜逃，在一个夜晚不知下落。马丽吓昏了头，不知如何是好的时候，一个友人劝她找律师谈谈。结果律师对马丽说，债太多了，根本还不起的情况下，只剩下最后一条路，就是让她丈夫宣布自我破产。马丽说她也是头一次听说自我破产。按照日本的法律,当事人宣布自我破产的话,所欠的债就不用偿还了。马丽开心地说,早知道日本有这么好的法律,就不会吓得半死,也不会让那个欠钱的死鬼这躲那藏的了。马丽是载歌载舞地走出了朱太太家的大门。

眼前的韩子煊的一张脸,我看着有几个月了。我曾十分喜欢这张脸上雪白的牙齿,喜欢脸上的唇齿间发出的美妙的歌声。但是,现在的这张脸,叠映着污浊的色彩和贪婪的欲望。上午的阳光温柔地照在这张脸上,我目不转睛地盯着这张脸说:"从前的你,满脸黑油,没有一分钱,在公园的长椅上睡觉,用公园里的水洗脸。还有,从前的你,不会日语,连香皂都不会买。但是,你有过一百名教授的签名,在惠比寿拥有过两间办公室。"

有片刻时间,我甚至后悔这样说话了。俗语说揭人不揭伤疤。韩子煊比我想象中要平静好多,他站起身,走到窗前,朝窗外望了一会儿。我不知道韩子煊看到的是窗外的什么东西。这个月,人们称它为春季。今天是春季里的一天。有人称春季是"惊心动魄的时刻",冬眠的动物苏醒过来,猫狗发情,候鸟迁徙,人容易抑郁狂躁。绝望和冲动的原因来自春季。

韩子煊突然转过身,显得兴奋不安地问我:"你是要我宣布自我破产吗?"

有一刻,我的脑海一片空白。"对。这可是一件了不起的事。"我顺手抓起身边的一个花瓶,让花瓶底朝上。我说:"就是这样,彻底颠覆。"

"自我破产有一个绝对条件,就是真的无路可走。"

"那么,请你告诉告诉我,你的路在哪里?"我问韩子煊。我意识到,我从来没有像现在这样担心过韩子煊。我害怕了。我的心里十分忧伤。我以为我可以把韩子煊当成不重要的存在,彻底忽视他。我现在却像鼓足了勇气,对韩子煊伸出了我的手,想要他抓住。

我恨恨地踹了沙袋一脚。

韩子煊没有显出不高兴的样子,他耸了耸肩说:"我需要钱,需要很多很多的钱。好多人想找机会,但是他们不知道怎么找,我帮他们找,我只是帮他们找机会,我没说帮他们成就机会。这样搞到手的钱,你说我是骗来的话,我也没什么好辩解的。事情太简单了,一个愿意打,一个愿意挨打。还有,让我打一个比喻,假设你正饿着肚子,饿得快受不了,而你没有钱买食物,这时,你看到你的脚下有一块面包,你会因为面包上沾有泥土而放弃面包吗?生死面前,你的自尊值几个钱?等我到了一分钱都搞不到手的时候,我就听你的,宣布自我破产。"

韩子煊笑起来,我看到几滴唾液从他的口中喷出,在阳光的照耀下闪闪发光,流星般坠下去。我说:"你疯了。"

韩子煊说:"我疯了?没有人比我更正常了。"

"你这样下去的话,跟自杀没有什么不同。你离死已经不远了。"

韩子煊说:"你认为自杀的人是真的想死吗?自杀不是想死,不过是想停止痛苦而已。"

我感觉到韩子煊的声音跟平时完全不同,他对自杀的见解令我有点儿害怕。没想到韩子煊走回饭桌前,沙袋般重重地坐回椅子上,脸上布满悲哀。韩子煊说:"说实在的,我也不是没有想过自我破产。但是,自我破产就等于彻底失去社会的信任,好多工作都没有资格做了。而且,官报一旦爆出实名实姓,那么,我连可以利用的机会都会失去,因为没有人会再信任我,没有人会再希望我帮他们找机会了。再说了,我可是一个朝鲜族人,一个在绝望中投奔到日本的朝鲜族人。"韩子煊咬牙切齿:"去他妈的自我破产吧。"

我差不多知道韩子煊的心理了。在韩子煊看来,他宣布自我破产可能会带来更加残酷的现实。尤其韩子煊认为自己是一个朝鲜族人,所以不能在日本自我破产。但是,我不太理解韩子煊的心理。说真的,韩子煊强盗似的到处骗人家的钱,事实上,他在人格方面早已经是破产的了。

韩子煊的悲哀占据了我的思绪。也许妈妈说得对,我的同情心太强，所以我做的好多事情都是半途而废。这个时候，我走到韩子煊的身边，双手温柔地搭在他的肩上。我的心情是那种极其无可奈何的。心痛的感觉去了又来。我受够了这种感觉。即使脚下的面包沾着泥土，即使不放弃这块面包，但是，我愿意这块面包是从自己的手上掉下去的。我搭在韩子煊肩头上的手被另一只手握住，是韩子煊的手，热乎乎的。我没有试图抽出我的手。仿佛时光停顿了。这种感觉，是好久好久以前有过的。我用力咽了一口唾沫，终于说出了这句话："我们可以搬出惠比寿，找一个物价便宜的地区，好像葛饰区，或者去琦玉县。有厨房、厕所，能洗澡，能铺下两张被褥就可以了。"

韩子煊说："你确定你能做到这一点？"

我点了点头。韩子煊突然问我："如果我说我想跟你结婚的话，你会怎么想？"

最早是吉田和美月问我这个问题，后来是真实问我这个问题，现在是韩子煊本人问我这个问题。一股沉甸甸的不安冲击着我，心里有一个声音在呐喊着"不"。结婚对我来说，是与我的人生是否幸福有关的大问题。问题是，我对韩子煊这个人没有把握，对韩子煊的未来没有把握。我本来只是出于一个想法，想住在惠比寿花园广场，之后碰巧遇上韩子煊，于是住在一起了。现实有时抵不过一个想法。当初，我是碰巧遇到了韩子煊，如果我遇到的是另外的一个男人，结果会有什么区别吗？我想结果是相同的。不过，此时此刻，韩子煊告诉我他想跟我结婚，而我的脑子里竟涌现出一样东西来，这个东西是钱。跟韩子煊在一起，总是被钱困扰着，韩子煊欠钱，韩子煊骗钱，韩子煊借钱。时间久了，钱像一个沉重的包袱。关于钱，太沉重了，我已经觉得很累很累了。

承诺可不是一件小事。跟一个男人结婚，就是不惜一切代价，把人生交给他，跟他苦乐相伴，跟他相互提升。虽然这个定义有点儿片面，但是，当我想象我牵着韩子煊的手，一起走在人生的那条看不见终点的小路时，我觉得很恐怖。因为我知道我无法提升韩子煊。因为我跟韩子煊是一路货色，都人格欠缺。韩子煊靠给楼上的老太太按摩住在惠比寿花园广场，而我靠韩子煊住在惠比寿花园广场，我没有比韩子煊好到哪里去，甚至比韩子煊还要坏。或许我应该替韩子煊跪在老太太的面前感谢老太太。我不过是一只寄生虫。

我差一点就随口说我愿意跟韩子煊结婚了。抬头看见韩子煊正盯着我，我微微地笑了一下，虚伪地说："如果你宣布自我破产，如果你能够找到一份工作，肯踏踏实实地生活，我想我会考虑跟你结婚。"

韩子煊说："你看，说到底，你还不是离不开条件？"

我说："难道一大把年龄了，还要谈爱情吗？"

韩子煊沉默了一会儿，低声告诉我愿意试试我的建议，不过不是自我破产,是找一份正经的工作。我不再说话,不知道还有什么话好说。韩子煊问我什么样的工作比较好,我告诉他随便,我说只要每个月的工资是拿现金就行。过了一会儿,韩子煊开始换衣服,他穿上西装,拿着手提包,跟我说他要出去一下就走出家门。

妈妈回来了。妈妈看起来还是那么美,我买给妈妈的丝巾被随意地围在妈妈的脖子上。妈妈说她回家的时候,惠比寿一直跟着她走到公园的大门口。妈妈说她真想把惠比寿抱回家来。妈妈注意到韩子煊不在家,问我是不是又被楼上的老太太叫去按摩了,我说不是。我不想告诉妈妈刚才发生的事。妈妈说:"这可是新鲜事。"

妈妈的脑子里另有想法。因为韩子煊不去中国的时候,除了去楼上给老太太按摩,几乎都是在家里给什么人打电话。妈妈问我韩子煊出去干什么,我说:"可能是去找工作。"

妈妈很惊讶,反问我:"找工作?"

我说:"对。"然后补充地说:"他每天在家里,待着也只是待着,不如找个工作做做。"

妈妈说:"他肯吗?"

我耸耸肩说:"我也不知道,先试试看吧。"

……… 我被惠比寿咬了

惠比寿咳嗽有好几天了,妈妈说惠比寿是因为被雨淋湿了身子,所以才感冒的。妈妈来的这个季节正好多雨。我在网络上收集了各种方法,最后模仿一个动画做了一个防雨箱。我去商店要了一个纸盒箱,用一个灰色的大塑料袋将纸盒箱的三面密封起来,只留下一个口。连着几天晚上,无论下雨不下雨,吃完饭,我和妈妈就提着箱子去公园。我们把防雨箱放在草丛的空地上,把装着水和猫粮的塑料饭盒放在防雨箱里。惠比寿在防雨箱里吃饭的时候,我和妈妈就坐在长椅上等。星期六的晚上,因为第二天不用去学校,公园里的孩子比较多,孩子们回家的时间也比较晚。孩子们在游戏器具那里跑来跑去,嘈杂声传到百米外我和妈妈坐着的长椅处,我对妈妈说:"好在惠比寿灰不溜秋的不显眼,如果是白猫就担心了。"

妈妈问我担心什么。我说担心苦情和那些不喜欢猫的人。我举了好几个例子。我之所以让妈妈在公园里喂惠比寿的时候使用饭盒，就是不想制造垃圾引来苦情。有人去保健所或者区役所陈述苦情的话，保健所会把造成苦情的猫抓走，被抓走的猫在规定的几天里没有人领养的话，就会被关在煤气房，被煤气毒死。我对妈妈说，以后天气渐渐暖和起来，天黑得晚，喂惠比寿的时间最好往后拖延一点儿。妈妈的神色变得不安起来，问我惠比寿会不会有危险，我说我们没有搞脏公园的草丛，没有给人添麻烦，再说惠比寿很聪明，除了我和妈妈，不靠近其他的人，惠比寿应该没有危险。妈妈还是不放心，说万一有不喜欢猫的人使坏，故意去保健所陈述苦情的话，惠比寿就危险了。

妈妈的担心有一定的道理。但是，虽然我决定把惠比寿抱回家养，另一方面，我现在住的公寓是租来的，想在家里养惠比寿的话，得先经过住在楼上的吉田的同意。除非万不得已，我真的不想见楼上的那个老太太。韩子煊在家的时候，我基本不接电话。我不接电话的最大原因，就是我不想接到吉田来的电话。吉田打电话叫韩子煊去按摩，是经常发生的事。好像昨天，刚好韩子煊去厕所的时候，吉田打来电话，说她腰也痛，腿也痛，痛得受不了。韩子煊从厕所一出来，我就立即叫他去楼上了。当着妈妈的面，我故意放松我的脊背，好像什么都不在乎。妈妈看上去也毫不理会。感受到我的不幸，妈妈其实并不愉快，妈妈跟我心照不宣，因为我们相亲相爱。而爱是懦弱的。

所以，关于惠比寿，我要妈妈给我一点时间，我说我会在适当的时候找吉田，让吉田跟房东打一声招呼。妈妈说跟房东商量的中间多一个吉田，花的时间一定很长。妈妈恨不得马上就把惠比寿抱回家。其实，被妈妈熏染的，我对惠比寿也神经起来。随之而来的，是我想到了一个绝对可以保护惠比寿的方法。

妈妈问："是什么方法？"

我说："给惠比寿做绝育手术。"

我解释说，在日本，做过绝育手术的流浪猫被称为地域猫。本来流浪猫最长也只是活个三四年，做了绝育手术的流浪猫，因为不会下崽了，所以人们可以堂而皇之地照顾它们。看一只流浪猫是不是地域猫，看猫的耳朵就可以分辨出来。做过绝育手术的流浪猫的耳朵，都被剪成 V 字，看上去很像樱花瓣，所以地域猫也叫樱花猫。V 字是做绝育手术的时候由兽医师剪的，出于政府《地域猫管理章程》的一个规定。樱花瓣这个标志，不仅令人可以不受责备地照顾流浪猫，同时也防止同一只猫被做两次手术，更避免它们在保健所遭煤气的毒杀。

然而，妈妈担心手术费，说中国的动物医疗费贵得不得了。妈妈问我："绝育手术，要花多少钱呢？"

我说："一般来说是三万左右。"

妈妈张大了嘴巴说："这么贵。"

我说："但是，惠比寿是流浪猫，我们可以去区役所申请补助金手术。一个人一年可以申请十只流浪猫的补助金手术。在区役所指定的医院做手术的话，母猫的手术费是四千，公猫的手术费只有两千。"

妈妈说，没想到对待流浪猫，日本政府会表现得这么人道。我说，人比人得死，货比货得扔，美国还有动物警察呢。妈妈说她愿意出钱，要我抓紧时间去申请流浪猫的补助金手术。

保健所的中年男人让我坐在他的对面。他看了我的身份证后，让我填写申请书。我写好地址、姓名和电话号码。于是中年男人很和气地问我："猫叫什么名字？"

我说："惠比寿。"

中年男人笑了笑，问我："几岁了？"

妈妈去公园，第一次看见惠比寿的时候是在公园的长椅上，那时惠比寿只有手掌那么大，应该是刚生下来两个月左右。妈妈在日本住了几个月而已，所以我肯定地说："一岁。"

"是公猫还是母猫？"

我说："母猫。"

"什么颜色？"

我说："灰土色。"

"什么种？"

我说："杂种。"

中年男人问我做完手术后有没有收养的意思，我说我正在考虑。后来，中年男人把盖有保健所大红印章的申请书交给我，还给了我一份资料，资料上印刷着指定医院的名字、电话和地址。

中年男人对我说："资料上也写明着，申请书到明年的四月有效。请在明年的四月之前做手术。"

我说："好。"

走出保健所的时候，不知道为什么，我松了一口气。惠比寿是一只野生野长而妈妈打算让我领养的猫。我的心情好像刚刚办完了领养手续，因此，惠比寿已经是属于我的了。

两天后，因为妈妈也感冒了，有点儿咳嗽，所以我代替妈妈，一个人去公园喂惠比寿。因为是一个人，我没有带防雨箱。看到我出现在公园的出入口，惠比寿从草丛中钻出来，一溜烟地跑到我身边。我朝长椅走去，惠比寿跟着我去长椅。今天的惠比寿，乖得让我心痒痒。我把两个饭盒摆在草丛的空地上，分别装上猫粮和水。惠比寿没有马上吃饭，爬上我的膝盖，用脸颊拱我的胸脯。我抚摸着惠比寿，对惠比寿说先去吃饭。惠比寿就去吃饭。吃好饭，惠比寿再次爬到我的膝盖上，这一次是让我抱着。晚春的风在我的肌肤上流动，惠比寿安心地闭着眼睛。我望着公园里的树和花和草，绿色的上空是蓝，有几棵透明的星星，泛着光。好长时间我都不想动，抱着惠比寿的感觉真舒服。过了很久，我把惠比寿放到长椅上。收拾好饭盒，我跟惠比寿说再见。我朝公园的出入口走。

惠比寿从长椅上跳下来跟着我走。惠比寿一边用身体绕着我的腿，一边用脸蹭我的腿。也许因为惠比寿在惠比寿的这个公园里出生，在惠比寿的这个公园里长大，所以，我要走出公园的时候，惠比寿没有走出惠比寿公园的大门，惠比寿就停在惠比寿公园的出入口喵喵地叫。我停住脚，站在公园的外边看了一会儿惠比寿。然后我走回惠比寿的身边，抚摸惠比寿的头。我想了很多，但是我不能再犹豫了，说时迟，那时快，我抱起惠比寿走出公园。

再走几步就到家了，我有点儿激动起来的时候，很明显，我知道身后的男人在加快他的脚步，他想超过我。男人就是在这个时候，突然间，噌地一下越过了我。还不等惠比寿有反应，我就双手用足了力气抓住惠比寿的手和脚。果然，惠比寿开始挣扎，想从我的怀里跳出去。我来不及怨恨前面的男人，心里只有一个念头，绝对不能松手，不能让惠比寿跑掉。惠比寿越挣扎，我越用力。不幸的是，正如我所预料的，惠比寿使劲儿在我的手上咬了一口。我加快脚步，小声地叫着惠比寿的名字，跟它说不要担心。公寓前的灯光已经相当明亮了，我能感觉到血在肌肤上流动着。我还看见了四个黑色的小洞，是惠比寿的牙齿留下的。在我按下门铃的时候，惠比寿使出全身力气咬了我第二口。我还是那个念头，即使我的手被咬成千疮百孔也绝对不能松手。

妈妈在门视频里看到我和惠比寿，立即跑着将门打开。我进了门，立即松手，奋力挣扎的惠比寿，箭一般冲到房间里的什么地方。看到我鲜血淋漓的手，妈妈连声惊呼。韩子煊也吃了一惊，他一边摇着头，一边去药箱取消毒水。韩子煊用手指着水龙头，告诉我快点用水冲洗被咬的地方，尽可能地把血多挤出一些。

我冲到洗手间，打开水龙头。右手的手背和手指上有八个小黑洞，只看见红色的浊流从黑洞里流出来，流出来，混着水道水向下水道口流去。

"惠比寿呢？"我问妈妈。

"我看到它跑到洗澡间了。"妈妈说。

韩子煊不高兴地给了我一条白色的毛巾，我用它把右手缠起来，毛巾很快变成了红色。我去洗澡间找惠比寿，但是看不见惠比寿的身影。"惠比寿。"我跟妈妈一边大声呼喊，一边找遍房间的各个角落。平时觉得房间里没有什么东西，现在找惠比寿就觉得多了。终于，我跟韩子煊，还有妈妈，我们都听到猫的微弱的叫声。顺着叫声，我跟妈妈去洗澡间，我第一个发现了惠比寿的一只灰色的小蹄子。我从来没有觉得猫的小蹄子会如此可爱，肉嘟嘟的。

洗澡间的镜子下有一个平台，台下是空洞的，连着墙壁。不知什么时候，惠比寿钻到平台下的空洞里。

我走过去，蹲下来，冲着藏在空洞里的惠比寿喊："惠比寿，惠比寿。"

妈妈拿来惠比寿最喜欢的罐头说:"也许可以用吃的把惠比寿引出来。"

我把罐头伸到惠比寿的小手那里。惠比寿不动,也不叫了。我对妈妈说:"看不到惠比寿的头,只能看到惠比寿的身子。"

韩子煊说:"先不要管它,把罐头放在平台那里,过一会儿,也许它自己会出来。"

我跟妈妈离开洗澡间去客厅等,等了很久。洗澡间里一直没有任何动静。我再一次去洗澡间,能够看到的还是惠比寿的小蹄子。刚才还觉得可爱,现在觉得可怜。同情心好像水中的木耳一样慢慢膨胀起来,于是我用手推惠比寿的身子,想把惠比寿从空洞里推出来。想不到惠比寿在我的手指肚上又咬了一口。被咬的时候,我赶紧抽手,结果惠比寿的牙齿从上往下滑下来,伤口就成了一条又深又长的口子,鲜血喷出来。我跑到水龙头再次用水冲洗手指。这时,我的手已经肿得像馒头了。

韩子煊有点儿火了,说:"你就不能不去理它,它是一只野猫,是畜生,畜生饿了自然就会主动出来的。"

我真希望韩子煊能够闭上他的臭嘴。妈妈问我怎么惹恼韩子煊了,我说:"不用搭理他。"

手肿得越来越厉害,妈妈建议我去医院。看上去,惠比寿轻易不会出来,而明天我还有工作,晚上洗澡的时候还要用浴室。我对韩子煊说:"我去医院,拜托你给消防署打个电话吧。你跟消防署实话实说。事到如今,看来只能求助消防署把惠比寿弄出来了。"

"要叫救护车送你去医院吗？"韩子煊问。

"不要。"

"你怎么去医院？"

"骑自行车。"我说。

"你的手，能骑自行车吗？"韩子煊双手交叉在胸前，"也许叫救护车比较合适。"

"我可以单手骑车。"我冲出家门。

………　惠比寿成了樱花猫

我从医院回来的时候,消防署的人已经在洗澡间了。洗澡间的门关着,看不到里面。妈妈在门外,无声无息地站着。我走到妈妈身边。看了看我缠满白色绷带的手,妈妈问我:"你的手,医生怎么说?"

我告诉妈妈,医院过了下午五点,就只有急救治疗了。值班的医生为我的伤口涂了防止化脓的消炎药膏,还开了两片消炎用的抗生素。医生说我的手需要打点滴,叫我明天早上再去医院。

妈妈说:"刚才消防署的人来的时候,多亏了韩子煊在家。看来他待在家里也不完全是坏事。"

这时候,洗澡间的门开了,四个男人和一个女人走出来。其中的一个男人对韩子煊说,惠比寿一点点儿地移动,很快接近浴缸的后边了。这样下去的话,惠比寿有可能掉到墙壁和浴缸的夹缝里。我问男人,如果惠比寿掉到夹缝里的话,结果会怎么样呢?男人说,只能找工物店,看猫掉在什么地方,要么把浴缸拆了，要么把墙壁拆了。

妈妈要我把男人的话翻译给她，听了我的话，妈妈焦虑起来，说："啊，想不到会这么严重。都是我不好，如果不是我去招惹猫，就不会给你们惹这么大的麻烦了。"

我问消防署的男人："能不能想办法堵住浴缸后边的空洞，不让猫继续移动过去呢？"

消防署的男人说浴缸后边的空洞已经堵住了，但是他们必须回一趟消防署，去取即使被猫咬了也不会受伤的特殊的面罩、眼镜和手套。

消防署的人离开了，我跟妈妈进洗澡间看惠比寿。惠比寿的小蹄子看不见了，惠比寿的整个身子都陷在空洞里。妈妈拿来罐头，问我："要不要再试一下？"我说不用了。

"至于今天的事，"我对韩子煊说，"我觉得很抱歉。对不起。"

韩子煊站在窗前，两只手抱在胸口，沉默了一会儿，对我说："你抓一只野猫回家，事先怎么不跟我商量一下。这里可是公寓，按照规定是不允许养猫的。再说了，这是只野猫啊，就是抓也不能这么随便地抱回来。"

我说："跟野猫不野猫的没有关系。是我过分相信猫对人的信任了。如果我带上纸盒箱去，把惠比寿装在箱子里的话，也许就不会出现这种事情了。"

韩子煊说:"现在你的手被咬成这个样子了。被猫咬,运气不好的话会丧失生命。不仅如此,如果真的要拆浴缸,拆墙的话,我应该怎么跟吉田交代?要花多少钱?这些你都想过了吗?"

"我都说是意外了。"

妈妈沉默着,惠比寿无声无息。妈妈的恐惧也许还是双重的。妈妈绝望地看着窗外。妈妈的眼神如此悲伤。妈妈一定跟我一样想到了那个结局。我对妈妈说:"没办法,即使救出来,那个空洞是填补不了的。"

妈妈说:"我知道。听天由命吧。"

不知道消防署的人为什么去了那么久。妈妈耷拉着头,头发看上去有些散乱,或许是灯光的缘故,妈妈的面色比较苍白。我为妈妈理好散乱的头发,对妈妈说:"眼下用不着考虑那么多,有消防署出头,不怕救不了惠比寿。至于非得要拆浴缸和墙的话,无论花多少钱,我都会花。"

韩子煊大声地说:"多少钱你都肯花?几百万你也肯花吗?"

我说:"肯。"

韩子煊走近我,阴沉地问我:"那么,几千万的话,你也肯花吗?"

我说:"肯。"

这个时候,妈妈好像听懂了日语似的,问我到底要花多少钱。我说不知道,我没有买过房子,从来没有自己花钱修理过什么。妈妈说没有想到惠比寿会咬人。妈妈感叹地说:"啊,也许我不该担心一只猫。"

我理解妈妈的心情。男人和空洞,都是事先想象不到的意外。归根结底,不好的不是妈妈,不是惠比寿,也不是我。一只从来没有走出过公园的猫,如果不是信任我的话,就不会跟我到了家门口才咬我。如果不是有一个男人从身边突然快步走过的话,惠比寿就不可能受惊。惠比寿受了惊而我立即松手的话,惠比寿就不可能咬我。惠比寿当然是信任我的,但是,咬我的那一刻是恐惧超越了情感。一只猫无法把握正发生的现实是怎么回事。我说:"妈妈,这是意外。意外发生了,我们最好往好的方向去想。至少现在还不用想拆墙的事。"

我问韩子煊:"镜子下面的那个平台,平台下面的那个洞,你早就知道有那个洞吗?"

韩子煊说他也是才知道的。如果不是惠比寿钻到那个洞里,我们还不会知道那里有个洞。我看着妈妈说:"妈妈,真的是天意。惠比寿真的跟我们没有缘分。即使救出来,哪天惠比寿高兴了,再钻进那个洞的话。"

妈妈打断我的话,说:"我已经想到这一点了。"妈妈接着说:"你也是,惠比寿咬你第一口的时候,你松手把它放了的话,不是就不会被咬成这个样子了吗?既然惠比寿跟我们没有缘分，它没有福分，你何苦被咬成这个样子。"妈妈又开始埋怨起惠比寿来了。

我说："我都说过好多遍了，惠比寿生下来后，肯定没有走出过惠比寿公园。如果我中途松了手，惠比寿跑了，那么惠比寿就找不到惠比寿公园，惠比寿不仅是流浪猫，惠比寿还会成为一只迷路的流浪猫。惠比寿就太可怜了。"

妈妈后退了一步，对我说："你的担心我懂。但是，一只猫通常会记住三千里的路。"

韩子煊在一边冷笑。或许在惠比寿挣脱的时候，我真的应该松手放掉它。但是，最主要的是那一刻我的心情。还有，事情已经发生了，事情发生了以后，再把事情翻来覆去地想，就是纠结。纠结只会加深现在的烦恼。

消防署的五个人终于回来了。刚才跟韩子煊说话的男人走近韩子煊。韩子煊让男人询问我。我故意把经过变了个样子说了一遍。我说我每天去公园散步，结果发现公园里的野猫太多，而我认为这些野猫是不幸的。为了减少野猫的数量，减少不幸，我打算按顺序一只一只地抓住它们，给它们做绝育手术，不让它们再下崽子。我说话的时候，男人在小本子上写着什么，我想是记录吧。然后，男人合上小本子，对我说："猫救出来后，你打算把它怎么样呢？"

我本来想把惠比寿留在家里，第二天带它去医院做绝育手术。但是，我把想说的话咽回肚子里了。我不能没事找事了。消防署可不是专门为我准备的。我把准备好的纸盒箱递给消防署的男人，说："装在这个纸盒箱里，我把它送回惠比寿公园。"

消防署的四个男人进了浴室，女消防员留在浴室门口。浴室的门被关上了。我和妈妈一直站在女消防员的身边。不久，我听到里面一阵阵声响和几个人同时说话的声音。女消防员笑着对我说："好像抓出来了。"

我长长地出了口气，眼泪就要涌出来。我谢了女消防员，立即告诉妈妈惠比寿救出来了。妈妈说："不用担心会掉到夹缝里了吗？"我说是。妈妈用手指擦了擦眼里流出的泪水，说："这下可放心了。真从夹缝掉下去，你住在这么高层，惠比寿不摔死也会残废的。"

我点了点头，说我也是这么想的。我觉得心头的一块巨石掉下来，于是对韩子煊说："这下可以放心了。"

韩子煊说："是放心你的几千万日元吧。"

只剩下三个人的时候，我拜托韩子煊跟我一起去公园放惠比寿，他不搭腔，我给他看我的手，他就替我抱着装有惠比寿的纸盒箱。天已经完全黑下来了，公园里一个人都没有。公园里的灯泛着橙黄色的光。韩子煊把纸盒箱放到惠比寿等妈妈的长椅上。韩子煊拿出随身携带的剪刀剪开胶布。韩子煊让我离远一点，然后借着灯光小心翼翼地打开纸盒箱的盖子。惠比寿从箱子里冲出来，一溜烟地钻到草丛中去。

回到家，妈妈问我消防署救惠比寿需要花多少钱，我说不花钱。妈妈好像很高兴。但是妈妈很快沮丧起来，"惠比寿真是没有福。"妈妈说："这也是它的命。"

以为被惠比寿咬过的手会痛，结果一点儿也不痛，只是肿得很厉害，看上去像小馒头似的。这一番折腾，三个人都觉得精疲力竭。韩子煊建议晚饭吃泡面，于是，我们一边说我的手的事，一边吃泡面。吃完泡面，我想早一点儿躺到被窝里，可是心里怪怪的，好像有什么事情没有做。关窗的时候，我觉得外边的空气比刚才凉了很多。我穿上一件外套，问妈妈想不想跟我去一下公园。妈妈想都没想就说去。韩子煊在旁边扯着嗓子说："还去公园？啊，真是没有接受教训。你是有钱没有地方花了。"

我对韩子煊说："跟钱没有关系。只是去看一眼，图个安心。马上就回来。"

出了门，妈妈小声地问我："你说惠比寿还会等我们吗？"

我说："如果我知道的话，我就不会去公园看了。"

但是，惠比寿坐在公园的长椅上，看上去什么都没有发生过。看到我和妈妈，惠比寿跟平时一样，一溜烟地冲着我们跑过来。我心有余悸，不敢抱惠比寿。妈妈将惠比寿抱在怀里抱了一会儿。妈妈把惠比寿放到地上后,惠比寿一直舔自己的肚子。妈妈说可能刚才救惠比寿的时候搞伤了它的肚子。我说没有血,舔一会儿就会好,用不着担心。

总之,惠比寿对我和妈妈一如既往,惠比寿的态度没有任何变化。

第二天,我给猫爱护中心打电话,接电话的是一个叫神户的女人。我曾经在附近的商店前见过她很多次。听神户说,她保护过很多猫,但是,基本上保护的是婴儿猫和那些被主人扔掉的无法适应户外、无法生存下去的猫。神户将保护下来的猫装在猫笼子里,猫笼子摆在商店出入口的地方。神户每次只展示六只猫。神户给每一只猫都起了很温暖的名字,可可、奶酪、巧克力什么的。她对每一只猫都做有简单的介绍,彩色的纸上用彩笔写着猫大约是什么时候出生的,叫什么名字,是公的还是母的,性格如何。被神户保护的猫都做了绝育手术,都打过各种防疫针。我看过有人当场看上某一只猫,神户于是连猫带笼子一起送给了猫的主人。从商店出出进进的人群里,会有人往募集钱的塑料盒子里投钱,零钱比较多,偶尔有一两张千元的纸币。我每一次都会往盒子里投钱,投得最多的一次是三张纸币,一张五千的,两张一千的,合起来有七千。

神户二话不说就答应帮我抓惠比寿去动物医院做绝育手术。但是神户说使用政府补助金的话,要遵守两个条件。第一,抓惠比寿的时候一定要我和妈妈在场。第二，惠比寿出院的时候必须当着她的面，将惠比寿送回到惠比寿公园。我说没问题。

　　惠比寿在医院住了一天，出院后成了樱花猫。被剪成樱花瓣的耳朵还有血痕，看上去好像很痛。妈妈抱怨兽医，说："怎么剪掉这么大块呢？可以剪得小一点儿的嘛。"

·········· 第一次触电

连着好几天，韩子煊提着手包，西装革履地出去找工作。每次回来后都说没有地方要他。我也知道很难。日本的招工年龄基本控制在 35 岁。但是，如果韩子煊肯的话，他可以在韩国语教室教韩语。如果韩子煊愿意的话，他明天就可以穿着警备制服，站在飞机场或者工地上。

但是不久，韩子煊把我带到涩谷的一家咖啡屋，见一个叫中岛的男人。韩子煊对我介绍中岛的时候，说他策划过好几部电视节目，跟日本富士电视台和朝日电视台的人相当熟。中岛是小个头，加上清瘦，看上去令人觉得忧郁虚弱。

中岛开始说起他的那个新的策划。这之前，中岛从他的手提包里拿出一沓资料，我认出它们都与我有关。除了办朝鲜画展的时候，《每日新闻》报社的记者大迫为我写的那篇报道，还有我在出版第二本日文版小说时,《读卖新闻》和《共同通信社》对我和我的作品的报道。每家报纸上都登有我的照片。

中岛用手指着《读卖新闻》的一段话说:"这句诗,是你写的吧。"

我回答说是。日本的威士忌山崎,曾经要我为酒做广告。厂家说我是第二个为他们的威士忌做广告的中国人。广告刊登了我的照片和我写的一段中日文对照的文字。中岛称这段文字为诗:"每当我喝'山崎'的时候,'山崎'的酒香中总摇曳出少女时我故乡的影子。"

山崎威士忌在日本非常有名,价格比一般威士忌稍贵,我根本就没有喝过。广告刊登后,山崎除了付我广告费,还赠送了三瓶山崎威士忌给我。我只喝了一瓶,另外的两瓶我送给一位恩师了。我喜欢喝一点点酒,但是不懂酒。山崎威士忌色泽金黄,闻起来有浓郁的果香与麦芽香,喝起来有一种清新活泼的口感。

中岛说韩子煊已经大致跟他介绍过我。我点点头,以笑做回答。中岛喝了一口咖啡,喝得挺急,咖啡去掉了一大半。然后中岛对我说:"因为你是作家,所以我想你最适合我的这个策划。"

我说韩子煊也大致跟我说了这个策划,好像是乘坐火车,介绍沿线的城市。我说这样的机会对我是一次难得的人生体验。中岛好像很满意我的回答,他从手提包里又拿出一沓新的资料给我。有打印稿，有一部分报纸。

来日本后，我几乎看不到中文报纸，也看不到中文电视，所以，看了中岛准备的资料后，我受到的冲击很大。没想到，中国在我到日本后的这段时间里，竟然诞生了这么多的铁路。2003年秦沈铁路通车，2006年青藏铁路通车。2008年京津城际铁路将北京和天津连接起来。之后有沪杭铁路和京沪高铁。中岛说他新策划的节目就是中国铁路网。但是，铁路网并不是主题，主题是铁路网沿线的城市。中岛说中国发展得太快，几乎是一天一个模样，正所谓突飞猛进。他要我沿着铁路网一路乘车，把每一个城市和每一站都记录下来。中岛解释说，他找我，目的是想将节目做得独树一帜，具体说的话，就是抛开剧本和导演，一路走下去，首先是看，其次是想，怎么想就怎么说。我开始担心了，我想起我大学毕业时不去教书，选择做编辑，就是因为我最不擅长在人前说话。

中岛的策划，听起来，整体上有那么点儿泛滥的感觉。还有，中岛说话跟他喝咖啡似的，很急切，这可能跟他的性格有关。我的思绪总是跟不上中岛说话的进展。话到中途，我的心情已经像急喘气似的，上气不接下气。我希望中岛说得具体些，比如在中国的某一个城市，最好是北京。在临近铁路的地方有一栋房子，最好是白色的。房子的院子里有一条狗，最好是大一点的狗。我从那里出发，与铁路同行，一站又一站……

中岛还在说："你跟中国百姓一样，要么坐硬铺，要么坐软铺，跟他们聊天，跟他们吃同样的泡面和面包，在车上嗑瓜子、打扑克。"

我不断地点头，心里却想这个策划跟我的写作完全是另外一回事。我写作时，竭尽全力表现出自己所了解的那个东西，因为读者是用眼睛来看我的文字。而这个策划给我的感觉，好像我是一位铁路向导。问题是我自己都不了解那些城市。我肯定做不好，我自知没有底气，但是又不能拒绝这个工作。这个策划与韩子煊的未来有重大关系。

两个小时过去了。最后，中岛没话好说的时候，举起咖啡杯，对我跟韩子煊说："关于这个节目，今天是我们第一次一起工作。今天是一个很重要的日子，值得纪念。让我们干杯。"在这之前，中岛说"我"的策划，而现在，他说"我们"的工作。我跟韩子煊也举起咖啡杯，三个人的杯碰在一起。

中岛站起身要走的时候，他把那些资料重新装回到他的手提包里，顺手取出名片夹，很仔细地从中抽出一张名片，递给了韩子煊。中岛说名片上的人是东京放送外信局的，韩子煊有时间的时候，最好带着我一起去拜访一下。

韩子煊买的单。其实，有一件事令我一直陷在猜测里。我一直在徒劳无益地考虑着一个无聊的问题。我们在咖啡屋坐了很长时间，杯子里的咖啡喝光了后，韩子煊跟中岛一再添加的，不是咖啡，是免费的冰水。回惠比寿的路上，我终于忍不住，问韩子煊："策划电视节目，是中岛的专职吗？"

韩子煊说策划电视节目不是中岛的专职，中岛现在无职。但是，中岛在多少年前策划的几部片子都上映了，至今跟电视台的人也保持着联系。我还以为中岛是电视台的人呢。刚才脑子里始终盘旋的念头更加灰暗了。我忍不住去猜想，中岛可能是第二个山下。

可能是我沉默得太久。快到家的时候，韩子煊问我是不是不放心中岛，他说中岛可是一个诚实的人。韩子煊对我说了一件事。中岛的一个朋友想向银行贷款，因为数目大，需要连带保证人。中岛被求做连带保证人，因为他人太好，不会想象朋友能背信弃义，毫不犹豫就签了字，盖了章。结果呢，贷款借钱的朋友跑了，失踪了。白纸黑字，朋友的债不容分说地落到中岛头上。数目太大了，中岛根本还不起。中岛选择了自我破产。为了不牵连家人，中岛在自我破产前跟老婆办了离婚手续，将所有财产都协议给老婆。婚姻其实就是一张纸，纸没有了，中岛和老婆还住在同一个屋檐下，吃同一个锅里的饭，一起老起来。

没想到我会再一次听到"自我破产"这个词。对中岛的事，我很难过。这个世界,最不可以轻易相信的,就是人。走进家门的时候,韩子煊对我说:"你只要跟中岛合作一次,就会知道他的为人了。"我说好。韩子煊说:"但愿这一次的策划能播放。片子开拍,电视播放的话,一集会有几百万的收入。我想搞它个几十集。"

说到钱,韩子煊大笑。韩子煊笑的时候,我觉得更加难过。韩子煊和他身边的人,好像都被骗局和大笔的债拴着。骗局和大笔的债,像一根绳子拴在韩子煊和他身边的人的脖子上,正在慢慢地勒死他们,或者正在勒紧他们,而他们不惜一切地寻找着所有可以翻身的机会,一旦有了机会,便牢牢地抓住不肯松手。

吃过晚饭,有一个电话打到家里。是找我的。放下电话后,我对韩子煊说:"完了。我的居民身份证被抢了。"

韩子煊问:"什么居民身份证?"

我说:"中国的居民身份证。"

韩子煊又问:"什么时候被抢的?在哪里被抢的?被谁抢的?我怎么不知道?"

我解释说:"来日本前,我把身份证存放在朋友家。前几天,你不是说到了结婚的事吗?我就想,什么时候也许真的需要身份证,于是拜托朋友帮我把我的身份证寄到日本来。结果呢,朋友在去邮局前,绕道了一下银行。可能是取钱的时候被人家盯上了,从银行出来后,提包刚放到自行车的车筐里,就有一辆摩托车从身边冲过去,抢走了车筐里的提包。最不幸的是,我的身份证就放在被抢走的提包里。"

韩子煊说:"丢了个身份证而已,怎么就说完了呢?"

我说:"当然是完了!假如你想我跟你结婚的话,没有我的身份证,我们就没有办法去区政府办理结婚登记的手续。"

韩子煊问:"为什么?"

我解释说,日本政府为了避免外国人在日本重婚,在日本办理结婚登记的时候,必须出示本国驻日本大使馆签发的独身证明书。我是中国人,当然是去中国驻日大使馆办理独身证明书。但是,按照中国的法律规定,申请独身证明书的时候,必须提交国内的居民身份证。

韩子煊说:"你去中国大使馆,把身份证被抢的情况说明一下不就行了吗?"

我说:"这种事,怎么说得清楚?口说无凭。大使馆不是每天都营业,每次去办事,每次都排很长时间的队。谁有时间听你解释啊。"

韩子煊问:"那你打算怎么办?"

我说:"只能回国的时候,在国内重新办理一张新的居民身份证。"

韩子煊说:"一张居民身份证而已,你不必费那么大的精力去办理。"韩子煊说,如果我想跟他结婚的话,只要我愿意拿出两万或者三万日元,不怕在中国驻日大使馆买不到独身证明书。

韩子煊说他的朋友认识中国驻日大使馆里面的人，有钱能使鬼推磨。我又想起吕平的签证和妈妈的诊断书，但是，这一次牵扯到的可是中国驻日大使馆。中国大使馆是什么？是一个国家的脸，一个国家的窗口。我绝对不相信，在中国驻日大使馆里也可以走后门。有时候，我觉得韩子煊脑子里的念头真的很荒唐，我好想找一台挤压机将他的头脑压一下，把那些荒唐的念头挤出他的脑门子。我说了我的想法，韩子煊说中国驻日大使馆里的人怎么样，还不一样都是人。我不愿意在这个问题上争执下去，就说等电视的策划实现了以后，再谈居民身份证的事。韩子煊说好。

有一刻，我觉得心里有一个念头"哗"地一下滑过去了，心没有理由地轻松起来。我暗暗地想，丢失了居民身份证，怎么还会觉得有一丝庆幸呢？

星期五，我跟韩子煊去东京电视台。在服务处填好姓名资料后，服务处的女孩给我们要见的人打电话，告诉他我们已经到了，正在等他。

跟韩子煊坐到沙发椅上等人的时候，我看见女演员江角マキコ走进大厅，慢慢地走近我，从我眼前走过去。江角マキコ神态自若。我眼睁睁地看着她从我的眼前走远了。我偷偷地看韩子煊，他一直目不斜视。于是我小声地问韩子煊看到江角マキコ了没有。韩子煊说他早就看到了。我一直盯着江角マキコ进了一扇大门。电视里的江角マキコ，看上去光彩照人，本人给我的感觉却是一般。我依旧小声地问韩子煊:"江角マキコ在日本也是个名人,怎么都没有看见有什么人请她签名呢?"

韩子煊说:"你怎么这么幼稚。凡是明星,肯定有追随的人。但是,这里是什么地方,这里是电视台。到这里来的人,不是出现在电视里的人,就是跟电视有关的人。你以为是在大街的某个地方,随便跑上前,随便要签名。在这里,这种事叫丢人现眼。"

韩子煊的意思,明摆着是说我不分场合和地点。幸亏我从来不崇拜谁,所以也没求什么人为自己签过名字。不过,韩子煊的话多少令我丧失了自信。毫无疑问,电视是我极不熟悉的一个领域。来日本之前,到日本以后,我从来没有跟电视台打过交道。中岛的策划成功的话,将是我的第一次触电。

一个男人来到我跟韩子煊的面前。韩子煊推了我一下,立即站起来跟男人握手。我明白这个男人就是东京电视台的人了,赶紧也站起来,握住男人伸到面前的手。

男人跟韩子煊交换了名片,又递了一张给我。他的名字叫小川雄,是外信担当局的局长。小川局长说去外边的店喝点儿什么,边喝边聊。我和韩子煊跟在小川局长的身后,穿过大厅里的一大群人,走出电视台的大门。小川局长要去的店,就在电视台的附近,走过两根电线柱子就到了。这是一个感觉不错的上午,阳光温暖地照着街面,风吹过耳际,似乎鸣出明快的调子来。我预感今天会有一个好的结果。

店并不是很大。店里的人也不是很多。店内的设计是流行的敞开式设计。店里使用的桌椅都是原木,依稀可以闻到原树的馨香。

在靠近窗边的一条长椅上坐下来后,小川局长把一本印刷精致的小册子递给我,说:"这是饮料单,你想喝什么就叫什么。"

小册子里的饮料名字,都是片假名。我会读片假名,却不知叫这个名字的是什么东西。如果配上照片就好了。我把小册子交给韩子煊,让他帮我随便点个什么。

穿着白色制服的男服务生,优雅地把韩子煊点的饮料端上来时,我差一点没在桌子下面踹韩子煊的腿。三角形的马提尼杯里装着橘粉色的液体,半月形的柠檬嵌在杯沿。关于柠檬,我真的是不知所措。我觉得心脏一时间猛烈地跳动起来,一上一下。我了解韩子煊,怀疑点这杯酒是缘于他的邪恶之念。韩子煊告诉我这是鸡尾酒,酒的名字叫"都市欲望"。我在电影或者电视剧里见过鸡尾酒,记忆中是演员们拿着透明的酒杯用来干杯的。回到惠比寿后,我一到家就上网查鸡尾酒。"都市欲望"有它的中文名字,叫"四海为家"。伏特加、君度酒、越橘汁、鲜榨青柠汁和新鲜橙皮,构成酸甜清香。因为天后麦当娜爱喝,所以红遍全球。我连着好几天都在想"都市欲望",直到我不知不觉地把它忘掉。大多数情况下，我会不知不觉地忘掉一些事和一些人。

但是，那时候在店里，我根本不知道应该拿柠檬怎么办，后悔自己没有叫一杯茶或者咖啡。后来，韩子煊告诉我，他之所以点这杯酒，是故意让小川局长感到我跟那些电视里的女孩子不一样。韩子煊说，小川局长周围的女孩子，充满着胭脂气，而我好像刚从大地里爬出来，浑身带着湿漉漉的泥土的馨香。韩子煊把我说得好像那些野生野长的动物，好像野鸭和野鸟。但实际上，在我看来，鸟是鸟，鸭也是鸟。野鸟野鸭都是鸟。

我最终将杯沿上的柠檬汁挤到酒水里。这么做，纯粹是我的本能反应。反正我把鸡尾酒喝了。说真的，因为"都市欲望"又酸又甜，喝起来像水果汁，我差不多是一口气把它喝光的。

谈话的时间并不是很长，主要是小川局长和韩子煊两个人在谈。我听到他们说起吴夏云。吴夏云是一个上海女人，妩媚多娇，好多次我在电视里看她介绍上海。合身的旗袍令她的妩媚平添雅致和精致。我甚至想，如果这个跟铁路有关的策划通过了，我愿意退出来，让吴夏云来代替我。

途中，小川局长突然转向我，告诉我他还没有去过北京，不过他很想知道北京是一个什么样的城市，愿意在有机会的时候去北京看一看。我很难用一言一语来说清楚北京，不过，我告诉小川局长，北京的人如潮，车如潮。建筑物很多，颜色以黄色为主。北京是一个斑斓的城市，有大学、大企业、大人物、大乐团、大剧院、大饭店、大别墅、大楼、大雾霾、大风、大嘈杂、大北漂、大街，但是北京还有小胡同和四合院。对于我来说，北京是安心的家。我足够幸运，年轻的时候在北京居住过，所以直到现在，北京都一直跟着我。我现在的口音、习惯、爱好、价值观，无一不受北京的影响。我连说日语的时候都会卷着舌头。我说所有伟大的城市，都会产生类似这种潜移默化般的影响。美国歌手弗兰克·辛那特拉曾经这样表现过纽约："如果我能在那里成功，那我就能在世界的任何地方成功。"我觉得，这句话同样也适合于北京。

我说得滔滔不绝，连自己也感到惊讶。小川局长看着我说："你是作家？"作家这个名字太显赫，但是我点了点头，回答说是。

因为是小川局长的上班时间，他不能喝酒，所以喝绿茶。小川局长问我还要不要加一杯酒，我说不。不知道为什么，我擅自觉得小川局长对我挺好的，起码不反感我。

小川局长说："看得出你非常喜爱北京。"

我说我喜爱北京，与其说喜爱北京，不如说我爱北京。小川局长笑起来，重复我话里的句子，说："喜爱。爱。"

接下来，小川局长言归正传，他说这个策划好在即兴，有现场直播的感觉，但是，不知道我这个主角是否有什么不安。我想也没想地随口答道："我没有自信。"

小川局长喜欢重复别人说的话,他看着我说:"没有自信?为什么没有自信?"

我说:"陌生感。"

我说陌生感听起来有点儿夸张。但是,我出国的时候,每个月的工资是一百元。看病不要钱,住房不要钱,到大学为止上学不要钱。隔三差五才能洗个澡,因为要去公共浴池。现在,老朋友们都住着大房子,开着自己的轿车。我回国的时候,老朋友领我去吃火锅,涮海鲜的时候,问我是要鱼的嘴唇还是要鱼翅,我差一点没吐出来。汪曾祺去世了。接着冰心也去世了。时光如水,往事如烟。偏偏忘不了这些出了名的人,其实是没有办法忘了,倒是跟自己等身大的好多人,不知不觉就忘记了。不说我的虚荣,光是这一件事,就把我说的陌生感解释明白了。往事如烟。往事不都如烟。回头看看自己走过的路,才叫一地鸡毛。

韩子煊在旁边微笑地提醒我说:"这个策划并不是现场直播。"

我的第一个反应是应该住嘴,但是已经晚了,不该说的话已经说出口了。这个策划是韩子煊今后的人生目标,而我答应过要帮助他。

小川局长中等个子,黑色的短发,戴白边眼睛。今天,小川局长穿了一身银灰色的西装,白色衬衫。花柄领带在柔和的灯光下看起来有些璀璨。看到我尴尬的样子,小川局长沉思了一会儿，然后将目光透过镜片转向我。小川局长问我："如果你想表现一个城市的话，你会从哪个方面着手呢？"

我将马提尼杯在手指间转了一个圈，又放回原处。看着小川局长领带上的花样，我说："地理、历史以及当地的政策。"

我不知道我说得对不对，但是小川局长喝光杯里的茶，看了一下手表，说："下午还有一个重要的会，你们策划的这个节目，我很有兴趣，会考虑一下，尽最大的努力使它能够播放。"

小川局长站起来，抢先拿了账单去买单。我和韩子煊跟在小川局长的身后，小川局长在收银台付钱的时候，我和韩子煊先一步走出店门，在外边等小川局长。小川局长出来后，我跟韩子煊谢了他对我们的款待，然后我们相互鞠躬、握手，韩子煊重复了几次拜托之类的话。

跟韩子煊回惠比寿的时候，我不安地问韩子煊，我今天给人的感觉怎么样。韩子煊说挺好的，感觉挺自然的。我想知道韩子煊对这个策划的结果有什么预感，他没有立刻回答，沉默了一会儿，问我为什么不能稍微控制一下自己那种天生的冲动。我问韩子煊是不是指我说自己没有自信的那句话。韩子煊说是。我对韩子煊说："我只是不会说谎。"我已经尽了我最大的努力了。韩子煊很了解我的性格，应该知道我不擅长在人前说话。我觉得我对韩子煊挺够意思的。可是我承认，我的内心十分不安，甚至暗自希望这个策划不了了之，那么我也不会觉得对不起韩子煊。对于我来说，这个策划实在是太大了。我觉得自己被应召到战场上，被上将用枪指着，要我义无反顾地冲向前，不然大家都会死。我知道我会死，但是，没有比这更可悲的死法了。

晚上，韩子煊挨到我身边，问我愿不愿意做那件事。自从那一次醉酒发生了那件事情以后，我们一直没有一起睡过。没有为了十万日元上我的身，我对韩子煊的看法好了一点儿。至少他还会"尊重自己"。至于那样的建议出自自己的女人，男人到底会受到多大的打击，我则一无所知。我的心里隐藏着另外一个"见不得人的我"。也许我尴尬的样子表示了我愿意做那件事，韩子煊先是匆匆地吻了我一下，但比起他以往的吻显然笨拙了很多。我本想专心致志地做这件事，但在"见不得人的我"的身上，有一个很痛很痛的伤口，伤口在我不知不觉的时候日益加剧，所以我发现痛苦已经成了鲜活的情感，活生生的。那天一动不动、好像死掉般的韩子煊的样子，清晰地烙印在我的脑子里。这时候，窗外有一只狗在大声地叫，狗每叫一声都令我觉得它带走了我内心的一块感觉。感觉逐渐少起来，一点儿也没有了，于是心里一下子轻松起来，身体舒服了好多。十几分钟过去了，韩子煊好像也觉得没劲儿了。我跟韩子煊挨在一起，平静地躺在被子上。自始至终，我跟韩子煊都没有开口说一句话。窗玻璃外边的天空，繁星散开，银光是一个一个的点，是惠比寿的天空，是惠比寿天空下的星光。这时候，周围只有狗叫的声音了，而我呢，已经没有剩下可以被狗叫声带走的感觉了。倒是我的肉体感觉到韩子煊身体的热气,我被他身体的热气烤得迷迷糊糊的。此刻的世间是我跟韩子煊两个人,我觉得自己跟韩子煊都不具人样。

知道自己的人格欠缺以后,我开始多少有了自己的意思,并可以按照意思行事了。借用妈妈的话来说,我稍微成熟了,不像过去那么天真地只会徒劳地憧憬了。

.... 触电失败

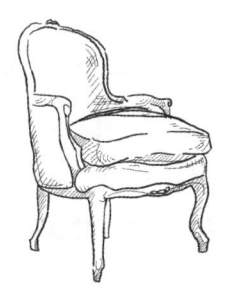

白天去出版社，晚上和休息天，我开始为电视节目准备功课。中岛要我怎么想就怎么说，但这肯定是个错误的提案。一般来说，擅长写作的人都不擅长说话，尤其是我。我找了几个朋友帮我出主意，但是大家都说帮不上我。策划还没有最终决定播放，我也不敢太过声张。我想我可以听听妈妈的主意，妈妈说她考虑考虑，过了一会儿，妈妈建议我"给国内的朋友打电话"。看到墙壁上汪曾祺为我题的诗，妈妈说："你就给汪曾祺打电话好了。"

我告诉妈妈，汪曾祺已经去世了。我还记得汪曾祺去世后的情形。告诉我汪曾祺去世的是我大学的师兄张石，他在东京的《中文导报》做记者，消息灵通。张石在电话里说汪曾祺去世的时候，我还以为他搞错了人。因为汪曾祺去世前，我刚好回了一次国。去汪曾祺家的时候，重病卧床的是汪曾祺的夫人。我写了一篇怀念汪曾祺的文章《星离去》，就发表在张石就职的《中文导报》上。我一向喜欢写散文，但是，写《星离去》的时候，却觉得有一种心情根本无法用语言来表达，所以读起来觉得有点儿随便。看了《星离去》，妈妈问我："对于汪曾祺的走，你觉得悲伤吗？"

我说："当然。"

"为什么你的文字里看不到你的悲伤呢？"妈妈说。

我说："也许是我觉得，我不是最悲伤的。跟我一样悲伤的人有千千万万，或者是跟汪曾祺直接打过交道的人，或者是读过汪曾祺的书的人。最重要的，我觉得维系我跟文学的一根线，断了。"

"你是说没着没落的那种感觉吗？"我看出妈妈在担心我。

我说："我也搞不清楚。"

和妈妈对话的时候，天空灰暗，看上去像男人的西装。汪曾祺走的那一天，是五月十六日，是鲜花盛开的季节。所有我能想起来的春的花：月季、玫瑰、日本槭、蔓长春花、木绣球、黄杜鹃、蔷薇、刺槐、绣线菊、火棘、迷迭香、天目琼花、广玉兰、木香、丁香、紫藤、栀子花、八仙花、金雀花、锦带花、扶桑、石榴、含笑、珠兰、金银花、夜来香……生命飞逝而去的时候，好像花落，像星滑落天际。从这个意义上说，时间过得真快，往事真的如烟。也许是故人往事令我看上去显得悲伤，因为妈妈对我说应该要有信心。妈妈在我的身边说个不停。妈妈总是这样，想帮我什么忙的时候，就会一直说个不停。因为我一直不说话，妈妈问我是不是想准备电视节目的事，我说是。

妈妈冲了一杯咖啡给我，然后去沙发坐下，看她看不懂的电视节目。

我打开电脑，检索中国铁路。我检索到日本人关口知宏2007年的一个纪实节目，叫《关口知宏之中国铁道大纪行》。一共有八集。关口一个人背着背包，或者是硬座，或者是卧铺，从拉萨出发，经成都、桂林、吉安、西安、天津、沈阳、呼和浩特，到喀什，一边啃着面包一边与列车上的中国百姓聊天。网络上评价很高，说关口的中国铁路之旅，没有什么特殊的安排和人为的设置，他除了让人见识到各种列车，还让人见识了沿途的各色城市和各色百姓。一个人们既熟悉又新鲜的中国，随着列车的行进而慢慢展开。等等。这时，我立刻替韩子煊感到不安起来，中岛的策划根本已经不新鲜了。如果小川局长知道几年前就已经有过同样节目的话，不知道他会怎么处理中岛的策划。我默默地喝光了妈妈给我冲的咖啡。房间里，除了电视里的声音，非常安静。

妈妈看不懂电视里的节目，需要我经常给她做解释。但是，这个时候，妈妈突然以激烈的语气叫我过去看电视。妈妈说："你快来，快看，中国的铁路出事了。"

我跑到电视机前。电视里的播音员正在说沪昆铁路的名字。

2010年5月22日下午16时42分，K859次旅客列车由上海出发开往桂林。次日凌晨2时10分，运行中的K859次旅客列车，在沪昆铁路江西省抚州市东乡县孝岗镇河坊村附近，撞上塌方土石发生脱轨事故。该事故造成乘客死亡19人，伤17人，其中重伤11人。

妈妈不懂日语，却通过字幕看懂了事故的来龙去脉。

妈妈抱怨，说世界上没有一样交通工具是安全的。从某种意义上来说，妈妈说的是真的。我的心咯噔了一下，接下去，我的心脏一直跳得很快。妈妈问我怎么了，是不是在担心出事的列车里有认识的朋友。我说不是。于是妈妈问我到底怎么了，为什么突然间脸色煞白。但是妈妈很快也明白过来，说："跟你正在准备的电视节目有关系。"妈妈的话说了一半，我使劲儿地点了点头。

我的样子一定很绝望、很疲倦，因为妈妈在旁边安慰我，对我说不要因此而悲痛欲绝。妈妈说铁路的节目做不成，可以再做其他的节目。妈妈自己都知道她安慰我的话毫无意义。所以我一声不吭，找不出任何的话来说，也没有心情说话。韩子煊的运气太坏，他就是因为运气坏才会落到今天这样的惨境。这时妈妈建议我给韩子煊打电话，告诉他这个事实。我说："不用了。"事到如今，我知道，无论做什么，都失去意义了。

当天晚上，韩子煊没有回家，我以为他又去中国了，过几天自然就会回来。但是，过了两天，妈妈对我说，不明白韩子煊为什么趁我去出版社的时候回家，而我快要下班的时候又离家出走。妈妈在心里想我跟韩子煊是不是闹别扭了。我吓了一跳。本来想立刻给韩子煊打电话，但是我决定等几天。也许韩子煊意识到电视策划泡汤的事，打击太大，需要安静几天。

几天过去了。妈妈说韩子煊白天也很少回家了。妈妈说韩子煊带走了换洗用的衣服，有可能不打算在这里住下去了。妈妈说最好给韩子煊打电话，大家当着面，把话说清楚了。这一点，我觉得妈妈说得对。

好几天晚上我都睡不好觉。总是反复地数着一只羊、两只羊。往事翻书似的，每翻一页，脑子里都发出刷、刷刷的声音。星期六，出版社休息。我给韩子煊打电话，第一次觉得这个电话号码令我牵肠挂肚。电话接通了，我感觉韩子煊正在睡觉，声音卡在喉咙，含含糊糊得听不太清楚。不过，我还是大致听出来韩子煊感冒了，嗓子也哑了。听起来，韩子煊好像不太想跟我说话，我只好没话找话，问他有没有发烧，有没有去医院。韩子煊说感谢我对他的担心，但是用不着我担心他。我猜想一定就是策划泡汤的事对韩子煊打击太大，所以他心里跟我一样难过，才会说这样的话。我找不到合适的话来安慰韩子煊，就劝他回家，因为妈妈做的大米粥，对感冒的人来说，是最好不过的药。这时，韩子煊对我说："一碗粥算什么。在你的心里，我都不如一只野猫。"

我不明白韩子煊怎么突然会冒出这句话来，不明白这句话里有什么意思。我说："你怎么能说这种话。我跟妈妈都在担心你。既然你感冒了，就回家住，我跟妈妈都会照顾你。"我看了看妈妈，妈妈正担心地坐在我的身边看着我。我补充说："不知你住在什么人的家里。你生病，不是在给人家添麻烦吗？我们虽然没有结婚，但是住在一起，至少也算是个伴儿。"

电话的那边，韩子煊几乎是冷笑，加上鼻音，听起来浑浊沉重。韩子煊说："一直求你为我投资，你一分钱都不肯拿出来。一只野猫跑到墙壁里，你却不惜拿出几百万甚至几千万来修墙壁。说到结婚，你又说丢了身份证，我怎么知道你说的丢，是真的，还是假的。"

我说："这可是两回事。拿钱和不得不拿钱，不能搅在一起。再说了，在那种情况下，我那么说，也是不想妈妈担心而已。至于身份证，丢了就是丢了，我骗你干什么。"

没想到韩子煊会这么小肚鸡肠，最近发生的事被他一样样翻出来。我有点儿生气了，不过我竭力忍着。虽然我真的没有打算跟韩子煊结婚，却习惯了跟他生活在一起。接着韩子煊说："那么，我跟你没话好说了。"咳咳几声，韩子煊在电话的那头咳起来，咳得很凶，妈妈在旁边都听见了。

"他感冒了吗？为什么不回家？"妈妈几乎用气声问我。我朝妈妈挤了挤眼睛，又摇了摇头。妈妈猜出我没有说通韩子煊，说:"他做事怎么像个孩子,这么不负责任。"妈妈走到沙袋那里,用手掌拍了一下沙袋上的韩子煊的脸,样子十分生气。

我问韩子煊:"你以后打算怎么办?一直躲着我吗?"

韩子煊说:"只要你肯把你的钱投资给我,我就回家。"

我感到一阵冲动,为了不在妈妈的面前发作,反而低声下气地问还有没有其他的条件,上次谈到的自我破产和找工作的事,是否可以重新考虑一下。韩子煊说除了要我交出钱没有其他好商量的了,并且这样告诉我:"虽然钱不代表爱情,但是,不拿钱出来就代表不爱。"

毫无疑问,我很想帮助韩子煊,但是我不能把自己的钱给他,不出一个月,我的钱也会被他在中国花得一干二净。虽然钱是衡量爱情的重要依据,但也不能说明全部的问题。韩子煊在电话里问我还有什么可说的,我回答说没有了。妈妈还在不住地抽沙袋上韩子煊的脸,我很客气地挂掉了电话,对妈妈说:"我生气的时候也又踢又打的,打不痛他的。"

妈妈说:"我也知道打不痛他,多少可以解心头上的气。他怎么能这样一走了之呢?"

我说:"可能我们已经彼此厌倦了。"

之后,我喝了好多杯咖啡,把妈妈给我做的饭菜都吃光了。妈妈问我要不要去外边散散心,做点儿什么高兴的事。比如去公园喂喂惠比寿。去排长队,喝免费啤酒。总之不要去想韩子煊那个混蛋。妈妈说:"反正那个混蛋手里没有钱,你等着看吧,用不了几天,他就会乖乖地跑回来。"妈妈还说那个时候再收拾结局也不晚。

为了不要妈妈担心我,我决定照妈妈说的去做。但是,大白天不好去喂惠比寿,我决定跟妈妈去惠比寿花园广场走一走。刚走出公寓的大门,这么巧又碰到楼上的老太太吉田。我狼狈地站住,跟吉田打招呼,并把妈妈介绍给她。吉田很客气,问我韩子煊是不是又去中国了。我说应该是。吉田说:"肯定是,好几天打电话给他,都没有人接。"我本来想说如果韩子煊去中国的话,他的电话应该是提示不在服务区,而不是没人接。但是我这样说的话,只会令现在的情况节外生枝。吉田让我找时间带妈妈去她的家里玩,我说好,还谢了她,之后赶紧对她说"再见"。

地球温暖化以来,日本的气候变得像亚热带,春季消失了。冬天完了,差不多一个晚上就是夏天了。我置身的是春的惠比寿花园广场吗?空气闷热。零零碎碎的风,带着潮气四处流散。妈妈说惠比寿花园广场令她觉得舒服,所以她置身其间的时候,只享受这舒服,会什么都不去想。一年前,我的心情跟妈妈说的一样,我仍然记得背景后的每一个心情。距离那个令我觉得一切都熠熠生辉的下午,时间流逝了将近一年。今天的惠比寿花园广场大得过分,玻璃广场明亮得过于耀眼,三越人多得过于喧哗。好多事情都是我意想不到的,或者发生了意想不到的变化。我跟妈妈朝麦酒纪念馆走去,我对妈妈说:"不知道为什么,我今天的心里乱糟糟的,简直无法收拾。"为了安慰我,妈妈说了一句什么话,但我没有听清楚。因为我觉得面颊有点儿痒,用手摸了一下,手上沾满了水。我意识到我或许是流过了泪水。不过我不想让妈妈看见我的泪水。我努力克制悲伤,悲伤就消逝了。我跟妈妈排了将近十分钟的队,一人喝了一杯鲜啤酒。啤酒冰凉冰凉的。凉,沁到心脾。

晚上,我躺在妈妈的怀里睡着了。

………　搬家时只带走了惠比寿

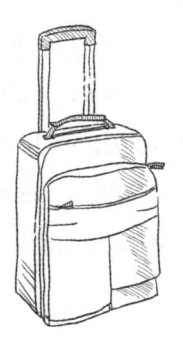

妈妈的估计是错的。我跟妈妈等了一个星期，韩子煊根本没有回家，也没有给我打电话。韩子煊不在家，房间显得很大。感觉上，家成了荒原。好在妈妈在，晚上还陪着我睡觉。其间，我给美月和朱太太打过电话，简单说了一下韩子煊失踪的事。美月坚持要我搬出惠比寿，说她有一个叫朱宏的朋友，在足立区做不动产。我说我也在考虑搬家的事，愿意美月的朋友提供几个房子给我参考参考。不过，开始的时候，我只是有搬家这个想法，没想到要当真。

朱宏第二天就打电话来，希望我去他的不动产谈谈。朱宏说，租房子，一定要本人亲自过目以后，才可以签约。我说星期六就去，不过跟美月聊天时，忘记说我租的房子，要那种允许养猫养狗的。朱宏说这样的房子有很多。我说还要离车站近，还要便宜。朱宏说他会多准备几个房子，见了面再详细商谈。

星期六,我带着妈妈去朱宏的不动产。车站的名字叫北绫濑。车站的附近好多三四层的楼房和一户建,几乎看不见高楼。明明是大白天,街上的人影却可以掰着手指数过来。妈妈说:"这里安静得跟乡下似的,要住就应该住这种地方。惠比寿那里,应该是玩的地方。"妈妈说得对,但实际上,我喜欢大都会的热闹和方便,喜爱是无法改变的。

我跟妈妈直接去朱宏的不动产。朱宏很年轻,又高又壮。我说了名字后,朱宏说美月是他的好朋友,会介绍最好的房子给我。接下去,朱宏一下子谈起了足立区的种种好处。足立区的电话号码是03开头,明眼人一下子就知道是东京的电话号码,但足立区其实是东京物价最便宜的一个区。不仅如此,足立区中国人最多,号称中国人村。足立区当下的议员多是日本的共产党,日本的共产党虽然不是中国共产党,但是福利跟中国一样好。等等。对于我来说,离开惠比寿后,物价便宜便是最重要的了。

在一个一室一厅的房子里,我微笑地牵住了妈妈的手,低声地说这个房子比刚才看的几个房子好。离车站近。刚装修过,看上去显得新。所谓厅,其实就是厨房,有四个榻榻米那么大,算是宽敞的。卫生间和洗澡间是分开的。最重要的,连着房间和厨房的门上有一个小门,是为了猫狗自由出入而特制的。妈妈知道我的心里在想着惠比寿。我试着跟朱宏砍价。朱宏去外边给房主打了一个电话，回来后说房费不能减，但是，两个月的押金就不要。还有，因为我是美月介绍的朋友，所以两个月的礼金只要一个月的就可以了。妈妈一声不响地望着我，我沉默了一阵，说："我决定了。如果租房子的话，就租这里。"朱宏看上去也很高兴，说反正房子空着，如果我真的要租房，不用等到月初，提前几天搬过来都没有问题。有朱宏这一句话，我心里轻松了好多。

回惠比寿前，我跟妈妈在车站的附近走了走，进出了几家市场。物价真的很便宜，惠比寿三越198日元的白萝卜，在这里只卖98日元。车站的对面有一家拉面店，跟饺子是配餐，只要780日元。我问妈妈想不想吃，妈妈说想。盛面的碗很大，豆芽、韭菜和大头菜，小山一样码在面的上边。我问妈妈吃没吃出来饺子里面有大蒜。妈妈说吃出来了。日本人在乎大蒜的气味，很少会在饺子里放大蒜的。妈妈说这里的拉面，好像她在大连饭馆里吃的家乡面，我想是大蒜给妈妈的错觉。我吃得快，妈妈吃得慢。我吃完了的时候，妈妈的面还剩下一半，于是我趁此时间问妈妈："如果真的搬家的话，我们要去抓惠比寿。是搬家的前一天晚上抓好呢，还是搬家的当天早上抓好呢？"

"关于惠比寿，"妈妈说，"因为你有一个完整的家，我才会一时冲动着让你养。你跟韩子煊分手，一个人生活，又搬得那么远，我看就算了，不要带它走了。怎么说惠比寿也就是一只猫。你权当惠比寿跟你没有缘。"

我不能解释为什么想带走惠比寿。养惠比寿本来是妈妈的意思，但是妈妈现在让我放弃惠比寿。

我跟妈妈说我再想想要不要带走惠比寿。如果带惠比寿一起走的话，搬家前一天的晚上抓比较好。但是，万一像我被咬的那一次，惠比寿钻到洗澡间的空洞里，可就麻烦了。朱宏答应我可以提前搬家，我想干脆把要搬走的东西先搬到北绫濑，至于惠比寿，搬家的当天去公园，抓到它，装到盒子里，直接带去新家就可以了。说到搬家的事，妈妈担心家里有那么多东西，光是电视和冰箱，我跟她，两个女人，根本不可能搬得动。我说新家那么小，当初买电视和冰箱的时候，挑的都是最大的，搬到新家也摆不下。所以，除了衣服和书，我打算全部留给韩子煊了。"再说了，"我补充说，"跟韩子煊分开了，我也不想看到那些跟他共同使用过的东西了。"

妈妈说："你说的也是那么回事儿。只是太便宜韩子煊了。"

我沉默了一阵，看着妈妈说："所以，我想带惠比寿一起走啊。再过一阵子，你回国了，剩下我一个人，但是，至少有惠比寿陪着我。惠比寿是活着的，比那些冷冰冰的电视和冰箱好。"

妈妈说："随你了。带不带得走惠比寿，就看它的命了。你都说惠比寿在惠比寿公园里出生，在惠比寿公园里长大了，它绝对想不到会跟你一起搬走，离开那个公园。"

我点了点头。毫无疑问,我早就以为惠比寿是妈妈送给我的猫了。关于惠比寿花园广场,所有我喜欢的东西里,唯一能随身带走的,就是惠比寿了。日本导演新海诚的动漫《女人跟她的猫》,是我喜爱的一部作品,以后,惠比寿是我的猫,跟我在早上和晚上相依为命。

车站的附近刚好有一个动物商店,我跟妈妈走进去。有一个粉红色的宠物携带筐,又便宜又可爱,我把它买了下来。

明明知道韩子煊不会接电话,我还是尝试着打电话给他,想通知他我决定搬走的事。一个星期后,我开始整理衣物。妈妈经常在旁边注视着我。有一次,妈妈对我说:"没想到韩子煊这么顽固。你总是在男人身上受苦受难。"

妈妈说得苦大仇深。我忍不住笑起来。实际上,失眠了一阵子后,渐渐地,我学会了如何使自己尽快安眠。进被窝前,我拿出半个小时想韩子煊和我的事:去北京的飞机、北京的那家宾馆、卡拉ＯＫ、一朵玫瑰花、拉面、八十万的支票和缠绵的夜晚,等等。我每天伤心半个小时。半个小时后,我对另外一个自己说:"你已经痛苦过了。接下来,你要好好地睡觉。"另外一个自己问我:"你肯拿出全部的存款给韩子煊吗?"我反问:"韩子煊会自我破产吗?"于是,我和另外一个自我一起回答:"不可能。"自我暗示是一个很享受的过程,让我放松自己。至于韩子煊，我只剩下被他遗弃的想法了。到头来，人在绝望的时候，就会接受现实了。被遗弃是我决定离开韩子煊的最好的理由。一切是如此简单。

没想到会发现韩子煊的通讯录，我试图不去看它，结果还是打开了。我又试图不去给里面我熟悉的人打电话，结果还是抓起了电话机。

山下的电话号码换了，没打通。

国内中医大学的南教授，惊讶地对我说："久违了，你一切都好吗？韩子煊还经常来中国吗？"南教授还说："生意不成没有关系，你们可以来我这里玩。我们可以做朋友。"

我觉得南教授很善良，但我不知道如何跟他说韩子煊的事。

最后，我给朴教授打电话。朴教授问我是哪一位。我大声地说："您也许已经忘记了我，我妈妈从中国来日本的时候，您找您的朋友，帮我妈妈开过医生的诊断书。是韩子煊带我去您家里的。"

朴教授好像很意外，说了好久不见后问我："你现在还跟韩子煊在一起吗？"

我说："没有。韩子煊有好久不回家了。也许您知道他的情况。"

朴教授说："不知道应不应该告诉你。上个星期，韩子煊刚刚来过我家。不过，跟带你来的时候一样，这一次，他也带来了一个女人，好像刚从俄罗斯来日本不久，还不会说日语。"朴教授停顿了一会儿，"其实，在你之前，韩子煊也曾经带了一个女人来，是蒙古出生的。"

我半天说不出一句话来。朴教授再三问我："你那里能听得到我说话吗？我怎么听不见你的声音。"

我说："我能听见您说的话。您接着说。"

朴教授说："你是不是吃了一惊？你没事儿吧。其实，那一次韩子煊找我帮忙，我帮他是为了帮助你妈妈。你还记得你离开我家的时候，我问你爱不爱你妈妈吗？"

我说："我记得。我还记得我回答说爱我妈妈。"

朴教授说："事到如今，跟你说这些话也许已经没有什么意义了。但是，你没有必要再四处打电话找韩子煊了。他一贯如此，到处撒网抓鱼，到处钓鱼。他离开你，我反而高兴，知道你没有上钩。就是没有受到伤害。"

我泪流满面，只能说出一个字："哦。"

"你应该跟我一样，感到高兴才对。幸亏你没有上钩。不然你会人财两空。"

"谢谢您。"我说。

"不用谢。同为韩国人，我觉得很抱歉。"

过了好久好久，我听见朴教授再次问我能不能听见他在说话。朴教授的声音听起来很清楚。但是，我说不出话来，觉得很难过。我竭力克制,终于挺不下去了。想到自己和那两个未曾谋面的俄罗斯女人蒙古女人,我们都成了鱼。我故意大声地对着电话机的话筒说:"怪事,我什么都听不见。电话好像是断了线。"我轻轻放下了电话机。

对鱼的想象令我很难过。我决定搬家,还决定带走惠比寿。我给朱宏打电话,告诉他我决定签约租房,月末之前就会搬到北绫濑。

朱宏说:"你没看天气预报吗?月末的天气好像不太好。"

我说:"就是天上下刀子,我也照样搬家。"

一年里,这是我的第三次搬家。北京的时候,我亲自扔掉了我所有的东西。菊名的时候,我跟韩子煊两个人扔掉了我所有的东西。惠比寿这里,我搬走了,我知道韩子煊不可能住得长久,那么,我跟韩子煊共同拥有过的东西,要韩子煊一个人来扔了。收拾东西的那天早上,我醒得很早,六点左右叫醒了妈妈。收拾东西之前先去公园喂了惠比寿。猫成长得很快,巴掌大的惠比寿已经是很肥硕的成年猫了,看上去像一只小老虎。

东西收拾好了以后,我把在惠比寿三越特制的沙袋里的水放掉,然后把沙袋上韩子煊的脑袋剪成了几块,装到垃圾袋里。

妈妈问我:"你就这么走了?不写封信留句话吗?"

我说:"不写。"

妈妈说:"一句话也不留吗?"

我说:"不留。"

妈妈说:"不留也罢。"

搬家的当天,我跟妈妈一大早就起来了,先去汉堡包店吃了汉堡,然后回家取携带宠物筐,直奔惠比寿公园。为了不出差错,昨天晚上,我跟妈妈故意没给惠比寿吃饱饭。惠比寿一定是饿了,在我跟妈妈的腿上蹭了几下后,一条线钻进了宠物筐。惠比寿是我最担心的事,所以我跟妈妈都笑了。

我关上宠物筐门,把事先准备好的一块布蒙在筐子上。吃惊的惠比寿安静下来。我抱着惠比寿,跟妈妈一起去车站。穿过惠比寿花园广场的时候,热潮涌过我的全身,血液膨胀得要撑破我的肉体。我对妈妈发誓,说再也不到惠比寿花园广场来了。走进车站的时候,我目不斜视。第一次,我觉得我将一种称为憧憬的东西,连根拔起了。

后　记

好多好多年以后，在我决定写这部长篇的时候，我通过现代网络，查出一个叫韩子煊的人，在杉并区搞了一家围棋中心。中心的联系电话，是那个曾经令我提心吊胆并牵肠挂肚的手机号码。原来韩子煊活得挺好，在玩新的"文化游戏"。我曾忏悔过没有拿出钱来帮助韩子煊，但知道他没有我的帮助，也没有沦落为街头的流浪汉后，我觉得有一种安慰，好像空气般把我包围起来。爱是悲切的，悲是深沉的，爱与忧伤一样完美，一样可以放之四海。

回过头来说我，当耗尽所有的情感之后，对生活所经过的深思熟虑，会令我无比地怀念起惠比寿花园广场。虽然早已经搬出美月朋友介绍的那家公寓，但我用韩子煊一直惦记的那点钱做头金，还是在足立区买了一幢三层的一户建。惠比寿跟我一起搬了进去。之后，多了一个男人，是我的丈夫。之后又多了一个男人，是我的儿子。儿子成了我的最爱，但惠比寿成了儿子的最爱。好多事物变化的同时，时间依旧飞快地流逝。而我个人呢，觉得非常非常充实。

图书在版编目（CIP）数据

惠比寿花园广场/ 黑孩著. -- 上海：上海文艺出版社,2020
ISBN 978-7-5321-7207-8
Ⅰ.①惠… Ⅱ.①黑… Ⅲ.①长篇小说－中国－当代
Ⅳ.①I247.5
中国版本图书馆CIP数据核字(2019)第289026号

发 行 人：陈　徵
策　　划：谢　锦
责任编辑：江　晔
封面设计：ABOOK壹书工作室 I-Design QQ1052801781
版式设计：钱　祯
内文插画：钱　祯

书　　名：惠比寿花园广场
作　　者：黑　孩
出　　版：上海世纪出版集团　上海文艺出版社
地　　址：上海绍兴路7号　200020
发　　行：上海文艺出版社发行中心发行
　　　　　上海市绍兴路50号　200020　www.ewen.co
印　　刷：上海盛通时代印刷有限公司
开　　本：889×1168　1/32
印　　张：9.125
插　　页：2
字　　数：193,000
印　　次：2020年2月第1版　2020年2月第1次印刷
Ｉ Ｓ Ｂ Ｎ：978-7-5321-7207-8/I.5745
定　　价：39.00元

告读者：如发现本书有质量问题请与印刷厂质量科联系　T:021-37910000